アオハルスタンド
～福島県立桜堂高校野球部の誓い～

持地佑季子

集英社文庫

目次

第三章 夏季福島大会 229

主な登場人物

円谷《つぶらや》桃李《とうり》　桜堂《おうどう》高校の投手。ディスレクシアで読み書きに障害がある。
寿上《としがみ》明日馬《あすま》　神光《かみこう》学院の投手。桃李のライバル。
五十嵐《いがらし》奈子《なこ》　桜堂高校のマネージャー。桃李の幼馴染《おさななじみ》。アナリストを目指している。
赤名《あかな》光《ひかる》　桃李とは中学時代にバッテリーを組んでいた。
香取《かとり》優《ゆう》　桃李とは少年野球クラブからの仲間。
吉池《よしいけ》学《まなぶ》　桃李とは少年野球クラブからの仲間。
木内《きうち》　三年生投手。
宍戸《ししど》　三年生捕手。主将。
倉持《くらもち》　二年生サード。
梁川《やながわ》晃《あきら》　桜堂高校の日本史教師で野球部監督。桃李の兄貴的存在。
海洲《かいず》千尋《ちひろ》　桜堂高校野球部の元エース。晃の一年後輩。
寿上《としがみ》翔《かける》　明日馬の兄で桃李の恩人。

アオハル
スタンド

福島県立桜堂高校
野球部の誓い

プロローグ

階段を上ると、眩《まぶ》しいほどのスカイブルーが目の前に広がった。同時にけたたましい音が耳をつんざく。

選手紹介のアナウンス。

夏だからと意気揚々と騒いでいた蟬《せみ》を蹴散らすほどの声援。

太鼓やトランペットのカラフルな音たち。

大きく揺れる足元の地響き。

お揃《そろ》いの紫色のTシャツを着こみ、真っ黒に焼けた肌を太陽に照らされている高校生たちは、雲ひとつない空に向かって声を張り上げ、楽器の音を響かせていた。

紫軍団の音が止《や》むと、すぐさま反対側スタンドから、トランペットの単独音が鳴り、それを合図に、赤いTシャツを着た高校生たちの野太い声とメガホンを叩《たた》く音が響いた。

客たちが右に左にと動き、大きな波になって海原が出来上がる。

初めてだった。今まで見たこともない光景に、桃李《とうり》はその場から動けず、声も発せずにいた。

「おい、お前ら何してる！　こっちだぞ！」

音が途切れた瞬間、晃《あきら》の張り上げた声が聞こえ、我に返った桃李は先を行く晃の背中を追いかけた。

「凄《すご》いね」

真後ろにいた奈子《なこ》が、桃李のシャツの袖を掴《つか》みながら声を掛けてくる。迷子になってしまうのが不安なのだろう。確かに先ほどから何度も人にぶつかりそうになっていて、桃李自身、晃を目で追うのが精一杯だった。

ここにいるのは高校生だけじゃない。真っ黒に日焼けした祖父ぐらいの年齢の人や、スーツを着たサラリーマンもいる。帽子を深くかぶり日焼け対策をしている女性たちもいる。人々の目は、スカイブルーの真下にあるグラウンドに向けられていた。

観客の注目を一身に浴びている扇形のグラウンドは、赤茶色の土が綺麗《きれい》に敷き詰められ、途中からは緑の芝に変わる。暑さからなのか、その全てから陽炎《かげろう》が出ていて、やけに神々しく見えた。

そうだった。ここには本当に神がいるのだ。いや、神ではない、魔物だ。魔物が棲《す》んでいる場所だ。

「こんなところでやるんだな」

桃李は、再び足を止めた。すぐ後ろにいる奈子、そしてその後ろにいる明日馬《あすま》の足が止まったのが分かった。今、発した言葉は、二人、いや明日馬に向かって言ったものだった。

「あぁ」

それが分かったのだろう。答えたのは明日馬だった。

だが明日馬は、桃李とは違い、憎しみがこもったような顔をしてグラウンドを睨《にら》みつけていた。

まるで、お前のせいだ、そう言いたげな顔だった。

「おい！　桃李！」

晃が手をブンブンと振り、人の波をぬって歩を進めた桃李たちは、ようやく晃の元へたどり着いた。

「あの辺だな」

晃が指した席には、見覚えのあるユニフォームを着た高校生が集まっていた。

紫の帽子に、クリーム色をベースに紫色の縁取りがされたユニフォーム。背中には番号、袖にはピンク色の桜のワッペン、もう片方の袖には『福島』の紫色の刺繍《ししゅう》、そして胸には『桜堂《おうどう》』の名を携えている。

「着替えてきたらよかったね」

奈子は、自分の恰好《かっこう》がこの場に相応《ふさわ》しくないと思ったのか、制服のスカートをギュッと握った。桃李も、そして明日馬も同じ紺色の制服を着ている。晃に関しては、上着は脱いで白いワイシャツではあるものの、黒いスラックスパンツに黒の革靴を履いていて、どう考えてもこの場に相応しくない服装だった。

「大丈夫だろ、誰も俺たちのことは見てないよ」

「うん、そっか、そうだよね」

桃李の声に、奈子は安心するように小さく返事をした。

「あそこ空いてるぞ、行こう」

晃が再び桃李たちを促したその時だった。より一層声が上がり、グラウンドに顔を向けると、ホームベースを挟んで両校の選手たちが整列し始めるところだった。

いよいよ始まる。

主審が頭を下げ、両校の選手たちも頭を下げた瞬間、けたたましいサイレンが会場中に響き渡った。


桃李は、今でもこの夏を鮮明に思い出す。まだ小学四年生だった桃李にとって、全てはここから始まったのだと大袈裟《おおげさ》でもなんでもなく言えたからだ。

第一章

アルプススタンドの誓い

息を吐き出すと白い煙のような湯気が顔に纏《まと》わりついた。東北の四月の朝はまだまだ寒い。桜は五分咲きで、遠くに見える吾妻山《あづまやま》の裾には雪が残り、うっすらと白いものが見えた。あの雪の部分が、うさぎの形になったら春の訪れなのだと地元では言われているのだが、それが見えるのはまだ先だろう。

　朝六時、桃李の一日はジョギングから始まる。これは小学四年、野球を始めた頃からの日課だ。自宅近くの川のそばにある神社まで行き、折り返して自宅に戻ると、軽い筋トレと素振り百本をして、ようやく朝のトレーニングは終わる。始めた頃は苦痛だったものの、何年も続けていたら、雨でも雪でも台風でもやらないと落ち着かなくなるから習慣というものは不思議だ。

　桃李が住むのは福島県の端っこに位置する福島市という街で、県庁所在地だが人口は郡山《こおりやま》市やいわき市に負けていて、どちらかというと県内では存在感が薄い街である。良く言えばのどか、悪く言えば田舎。だが、生まれてからずっとこの街で暮らす桃李にはここが最適であり、野球に集中できる環境でもあった。

「あと何回？」

ジョギングが終わり、庭で素振りをしていると、五十嵐《いがらし》奈子が顔を出した。クリっとした目に長い睫毛《まつげ》と小さな鼻がついている。小学生の頃は猿みたいに短い髪をしていたのに、いつの間にか伸びて、今は頭のてっぺんで結んでいる。

奈子は、桃李の自宅から三十秒のところにある和菓子屋の一人娘だ。所謂《いわゆる》、幼馴染《おさななじみ》というもので、小学校も中学校も一緒、さすがに高校は違うところになるだろうと思っていたのに、また一緒になってしまった。腐れ縁もいい加減にして欲しいところだけど、気心が知れた奴《やつ》が近くにいてくれるのは心強いのも確かだった。

だけど一番解せないのは、この元猿が、髪を伸ばし始めた頃から男子に人気が出てきたことだ。世の中の七不思議のひとつだと思っている。

「ねぇ、桃李聞いてるの？」

「あと四十」

顔は正面に向けたまま。本物のボールが飛んでくるイメージでバットをブンっと振る。ナイスバッティング。今のだったらフェンス向こうまで飛んでいっただろうか。

何事もイメトレが必要だと教えてくれたのは翔《かける》兄だ。そしてこの朝の日課をするように言ったのも翔兄だった。

「入学式の日までやらなくたって、誰も桃李には追いつけないって」

そう言われても、桃李は顔を前に向け、素振りを続けた。人が休んでる時にこそ努力を怠らない。出来ることの努力は惜しまない。そう助言してくれたのも翔兄だった。

次はスライダーを打つイメージで。腰が少しずれたけど、それでも今のだったらセンター前あたりまで飛んでるだろう。

奈子がすぐ近くにいるはずなのに、野球以外の声は桃李には届かない。練習に夢中でそれどころではないからだ。

そんな桃李に、奈子はもう慣れっこだと諦めた顔をすると、

「私、数えるよ」と結局は練習に付き合った。

朝の日課が終わると、サッとシャワーを浴びて、真新しい制服に袖を通し、朝食を食べ、「行ってきます！」と玄関の横にある自転車に跨《また》がった。

いよいよ待ちに待った高校生活が始まる。この時のために、今まで形振《なりふ》り構わず頑張ってきたのだ。

一度自宅に戻った奈子の前をすり抜けて行くと、「ちょっと！」と言いながら、自転車で追いかけてきた。

「だから先に行けって言ったろ」

「いいでしょ、一緒のところに行くんだから。それに場所分かるの？　地図は？　桃李はすぐ迷子になるんだから」

いつまでも小学生の頃のように後をついてくる奈子に苦言を呈したが、自分を心配しているのも知っている。だけど、俺はもう小学生ではないと言いたくなる時がある。

「桜堂の場所ぐらい地図見なくても分かる！　先行くからな！」

奈子の「もう！」という声が聞こえたにもかかわらず、桃李は振り返らず自転車を走らせる。

自宅から東に進むとすぐに飯坂《いいざか》街道に出る。飯坂電車と並ぶように自転車を走らせ、飯坂温泉のいくつか手前の駅で線路を横切って坂を下っていく。

すると、同じ制服を着た生徒たちの姿が見え始めた。男子は紺色のブレザーに赤いネクタイ。下も紺色のスラックスパンツに通学時は茶色のローファーを履かないといけない。女子も上は同じで、下は赤色チェックのスカート。市内では可愛《かわい》いと評判の制服のようだけど、どこの高校の制服も同じに見える。

先日、奈子に「ねぇ、見て見て可愛いでしょ、冬服がいいんだよねぇ」そう言われ、制服を見たけど本気で分からなかったから「あぁそうだな」と返したら、「心がこもってない！」と怒られたばかりだ。

桃李はユニフォーム以外の服には何の感情も持ち合わせていない。ただブレザーだとネクタイをしないといけないのが面倒だなというだけだ。

中学までは詰襟の学ランだったから、ネクタイの結び方は、晃に聞いて教えてもらった。

その晃も、今から向かう高校にいるから、つくづく田舎ってところは狭い世界なのだと思わずにはいられない。いや違うか、晃は俺のためにこの学校に勤務している。厳密に言えば、それも違う。俺のためではない。野球のためにこの学校、桜堂高校にいる。

今日から通う福島県立桜堂高校は、福島市の北部にある県立高校である。果樹園に囲まれ、近くに飯坂温泉という温泉街がある。学力は中の上で、偏差値は至って普通。だが桃李は、この学校に入学するために必死に勉強した。それは学力の問題だけではなく、大きなハンデがあることも影響している。そして何より、あの夏、甲子園《こうしえん》であいつと交わした約束があったからだ。

果樹園を抜け、三階建ての校舎が見えると校門をくぐり、すぐ脇にある自転車置き場に自転車を置いた。必死に追いかけてきた奈子が、

「ちょっと待ってよ、桃李！」

そう言いながら自転車に鍵をかける。

玄関にやってくると、下駄箱《げたばこ》前に掲げられているクラス分けの名簿を眺めた。一年は七クラスある。桃李は一組からゆっくりと時間をかけ文字を眺める。だけど逸《はや》る気持ちが文字を歪《ゆが》ませる。小さすぎる文字も、フリガナのない漢字も、余計に目を滑らせた。

後から来たはずの奈子が、未《いま》だ一組を見ている桃李を追い越し、二組の名簿の前で、

「桃李ここに名前あるよ！　私たち同じクラス！　二組！」と叫んだ。

だが桃李は、それでも名簿を眺め続けた。文字が歪もうが何を言われようが目を離さなかった。

「ねぇってば」

「あいつは？　あいつの名前は？」

桃李は名簿から目を離さずに声を掛ける。

奈子は、ハッとし、何か言いたそうな顔をしたが、

「今、確認するから、ちょっと待って」

再び一組から名簿を確認した。

桃李が探していたのは、自分の名前ではなかった。それはあの日、真夏の甲子園で約束を交わした、あいつの名前。

寿上《としがみ》明日馬、バッテリーを組む男の名前だった。

1　消えたエース

古い歴史が感じられる体育館の前方に新入生が座っている。髪を切り揃え、真新しい制服を着こみ、壇上を真《ま》っ直《す》ぐに見ている。

「えぇ～ですから、新入生の皆さんは新しい生活が始まったばかりですが、来月頭にはテストがありますのでね、頑張って頂いて」

校長の長たらしい挨拶に飽き飽きしているのか、両隣の列から欠伸《あくび》をかみ殺してる呻《うめ》きが聞こえた。桃李自身、校長の話はまるで入ってきてない。というか、今はそれどころではなかった。

二組の列の一番後ろに陣取り、右隣の一組の列を見る。真新しい紺色のブレザー姿の男子たちは着せられている感満載で、身体《からだ》も小さく、まだまだ中学生の空気を纏《まと》っている奴らばかりだった。

先ほど玄関の名簿を七組まで奈子に確認してもらったけれど、そこに明日馬の名前は無かった。

その後、桃李は急いで三階にある一年の教室に行き、一組から順番に教室を覗《のぞ》いた。見知っている顔がいたら、「寿上明日馬って奴いない？」と声を掛け、七組まで確認したけれど、皆が皆、「そんな奴いないぞ」と言い、どこにも明日馬の姿はなかった。

明日馬は小四の頃すでに身長が百五十五センチあると言っていたから、高校生になれば百八十は優に超えているだろう。桃李も同じぐらいだったから分かるのだ。

だが、一組の男子を後ろから眺めたけど、百八十を超えていそうな奴はいなかった。

だとしたら……。

続いて左隣を見る。桃李が辺りを窺《うかが》っている間も校長の挨拶は続いていて、生徒たちの欠伸も継続中だった。二組も三組も四組も、七組まで確認したけれど、一番後ろにいる身長の高いやつらは見知った者たちだ。同じ中学で野球をやっていた仲間たちで、それはやはり明日馬ではなかった。

やっぱりいない。

明日馬がいない。


「続きまして、新入生の挨拶に移ります。新入生代表、五十嵐奈子」

耳馴染みのある名前が聞こえ、ハッと顔を二組に戻す。「はい」と澄んだ声が体育館中に響き、すぐ隣の女子の列にいた奈子が立ち上がった。

何だ、奈子のやつ代表なんかやってんのか。さっきまでそんな素振り一切見せてなかったのに。新入生代表というからには試験で一番でも取ったのか？　だけど、そういえば、奈子は中学でもいつも五番以内の成績だった。その学力があればもっと上の高校に行けたはずなのに、なぜか自宅から一番近い桜堂高校を選んだ。もしくは見て見てとはしゃいでいた、市内一可愛い制服を理由に選んだのかもしれない。

「見ろよ、可愛いな」

「入学早々ラッキーじゃね」

隣の男子たちが奈子を見てコソッと言い合っている。こいつらは奈子の猿だった時期を知らないのだ。今しか知らないと、人ってこんな扱いになるんだな、こういうのを高校デビューって言うんだよな。

以前、奈子にそっくりそのまま伝えると、

「女性として開花したって言ってよね」なんて言い返された。

何が女性だよ、って言いたくなったけど、また言い返されるだろうから、それは止めておいた。人の成長っていうものは本当によく分からない。きっと明日馬だって見ない間に随分変わっているはずだ。

何を考えていても、結局は明日馬に行きついてしまう。

あいつ、本当にどうしたのだろう。

まさか、今日が入学式っていうの忘れてるんじゃないだろうな。明日馬は、あぁ見えて意外にドジなところもあったしな。

桃李がそんなことを考えている間に、奈子の挨拶は終わり、続いて在校生代表の挨拶に移った。

「これで今日は終わるからなぁ」

入学式の後は、各クラスでホームルームがあり、それも早々に終わりを告げたが、入学初日はどこもこんなものだろう。

「言っておくが、明日から通常授業になるからな、教科書その他もろもろは準備しとくように、って高校生になってまでそんなこと言われたくないだろうから、そろそろ解散ってことで」

教壇に立つ担任の梁川《やながわ》晃が教室をぐるりと見て言うと、バチッと桃李と目が合い、晃はにやりと笑った。

何だか嫌な予感がする。

「特に桃李は、他の人より準備を怠るなよ。テストの点数悪かったら野球やらせねぇからな」

まだ顔と名前が一致しない生徒たちは、晃の視線を追いかけ、真ん中の一番後ろの席に座る桃李に注目する。

「分かってるよ」

ぼやくように嘆くと、教室中から笑いが起き、緊張に満ちた一日が生徒の笑顔で締めくくられ、晃は満足そうな顔をしていた。

ったく、俺を笑いに使うなよな。

晃は、年齢は九個上だが、奈子同様に幼馴染で兄貴的存在だ。身長は桃李よりも十センチは低いのだが、筋肉質な身体つきで、足が速い。自宅は桃李の家の裏手にある桃農家で、桃李の両親が仕事で忙しい時は晃の家で面倒を見てもらった時もあり、気やすい仲だった。てっきり実家を継ぐものだとばかり思っていた晃が、福島大学へ行き、教員免許をとって、この桜堂高校に勤め始めたのは数年前。もちろんそれもこれも、全ては野球部のためだった。

「桃李、ちょっといいか」

部室へ急いでいると、廊下で晃に声を掛けられた。

他の教師と一緒にいる晃を見ると、きちんとした社会人で教師をやってるんだなと妙に感心してしまう。ネクタイにスーツ姿なんて成人式で見かけて以来だ。

「金沢《かなざわ》先生、彼が円谷《つぶらや》です」

金沢は、年齢は五十代ぐらいでやけに威圧感がある教師だった。背が小さくギョロっとした目をして、桃李を値踏みするように足のつま先から見てくる。

「ほら、挨拶しろよ。学年主任の先生で、現代文担当してるんだ」

「あ……えっと、円谷桃李です。よろしくお願いします」

晃に促され、桃李はようやく頭を下げる。

金沢は、「うん」と一度頷《うなず》くと、

「キミ、LDなんだってね」と無遠慮に聞いてきた。

何だよこいつ、なんて思ったけど、顔に出さないように歯を食いしばる。

「円谷は、勉強は苦手ですけど野球が上手《うま》いんで必ずプロになります。そうしたら、この学校から有名人が出ることになりますから。その時のために、今からお願いします」

晃の説明に金沢は、やれやれという顔をし、

「現代文の授業ではタブレットを使用していいことになってるから、あとは内容によってはボイスレコーダーも。その辺はキミ自身の考えで自由にしてくれていいから」と答えた。

桃李は、「うっす」と返事をしたが、晃が横っ腹を小突いてきたので、

「ありがとうございます」と渋々言い直した。

「他の先生にも一応伝えてありますけど、もし挨拶が出来るようでしたら」

「はい、私が責任もって」

晃が頭を下げ、桃李も頭を下げると、金沢は「では」と去った。

金沢の姿が見えなくなると、桃李は文句ありありな息を吐き出す。

「何で、俺が頭下げなきゃいけないんだよ」

「まぁまぁそう言うなって、こっちにも色々あるんだよ」

「だけどさ」

「全部野球のためだから、な？」

そう言われ、桃李は言葉をグッと呑《の》み込んだ。野球のためと言われると、桃李が我慢するのを晃は知っているのだ。

「ほら次、他の先生にも挨拶に行くぞ」

桃李は、ムッとした顔をしていたのだが、

「分かったよ」と返事をした。

「なぁ、晃」

全教科の教師に挨拶し終わった後、桃李は晃に声を掛ける。職員室前の廊下だからか、やけに静かで生徒は誰も歩いていなかった。

「お前な、学校ではその呼び方止めろ。ってか、学校外でも止めろ。俺お前より九個上だぞ、お前のオムツだって取り替えたことあんだぞ、あとオネショの後片付けとかもな」

「ちょっ、なんだよ、それ！　恥ずかしいこと言うなよ！」

「それぐらい年齢が違うって俺は言いたいんだよ」

桃李は、

「悪かったよ、晃……先生」ともごもごと言い直す。

「うん、いいな。いい響きだ。お前から先生と言われる日が来るなんてな」

うんうんうんと晃は妙にしみじみとした顔をしている。

桃李は、自分より身長の低い晃を、ジロリと睨み、

「なぁ、もう行っていいだろ、俺、早く部室に顔出したいんだよ」とぼやく。

ちなみに、桜堂の野球部監督は晃である。晃自身も桜堂高校出身で野球部に所属していた。

「今日は部活何もないぞ、全部明日からだ」

「うん。でも明日馬がいるかもしれないし」

桃李の声が聞こえたはずなのに、晃は何の返事もしなかった。

なんだ、どうしたのだろう？

晃の変な空気に桃李が顔を見ると、晃は腕時計で時間を確認し、

「駐車場に俺の車あるから、そこにいろ」と何の説明もなしに、それだけ言った。

「へ？　なんで」

「いいから、今から仙台《せんだい》に行くぞ」

晃は職員室へ戻っていった。

桜堂高校はロの字形をした校舎に、体育館に武道場、そして校庭が揃っている。校舎は三階建てで、三階は一年生、二階は二年生、一階は三年生が使用し、職員室は二階、保健室、美術室などは一階に集まっている。

一階の下駄箱へ行き、靴を履き替えていると、

「ちょっと桃李、どこ行ってたの、探したんだからね」

奈子がムスっとした顔で腕組みをしていた。

別に約束なんかしてないのだから先に帰ればいいのに女子って本当わかんねぇな。なんてことは口が裂けても言えないので、

「挨拶まわりだよ」とボソッと口にする。

「挨拶まわり？　何それ、喧嘩《けんか》でもするつもりじゃないでしょうね」

「そんなのしねぇよ」

「じゃあ何」

「お前は知らなくていいの。それより、もしかして部室見に行ったりした？」

「うん、行ったよ。桃李がいるかと思って。でも誰もいなかった」

「明日馬も？」

「え？　うん……いなかった」

奈子はどこか躊躇《ためら》いながら言った。

「そうか」

やっぱり、いないのか。

今までの明日馬の活躍は知っている。インターネットで名前を検索すればすぐに出てきたからだ。明日馬は中学の部活には入らず、東京の世田谷《せたがや》ボーイズという地域の野球チームに入っていた。そのチームで投手をし、全国大会で二度も優勝を経験していた。そんな明日馬と俺が組めば、今年は桜堂高校が甲子園に行くものだと期待していた。あの日の約束は守られるものだと信じていた。

それなのに……なぜだ、なぜ明日馬はいない。

職員室に戻った晃が荷物を持ってやってきた。そして奈子を見つけると、

「ちょうどいい、お前も乗れ」

そう言い、三人で車に乗り込み仙台を目指す。

隣の宮城県の仙台市までは高速道路を使えば一時間弱で着く距離だ。福島県の端っこに住んでいる桃李たちは何かと仙台に足を運ぶことも多い。

高速道路に乗ると山の合間を走っていく。五月の田植えの時期を迎える準備をしているのか、田んぼには耕作機械を動かしている農家の姿が見えた。

「で、私たち何で仙台に行くの？」

後席に座る奈子が、ひょっこりと助手席と運転席の間に顔を出す。助手席に座っていた桃李が、

「俺は何も聞いてない。晃に聞いて」とぼやいたのだが、すかさず晃から、

「おい桃李、さっきの奈子に言ってもいいのか？　お前が小学生の頃、オネ」と返ってきた。

「ちょっ！　待てって！」

「だったら、何だっけ」

「晃……先生に聞いてくれ、俺は何も知らないから」

「うん。いいね、その調子その調子」

「ったくよ」

桃李は、つまらなそうに顔を窓の外に向ける。

奈子は、二人のやり取りの意味が分からず、説明を求めるように顔を晃に向けた。

「今日、青葉《あおば》大附属高と神光《かみこう》学院の練習試合があるんだよ」

「ええ！」

「まじか！」

驚いた桃李と奈子の声が重なった。

「あぁ、面白そうな試合だなって見に行こうと思ってたんだが、一人じゃ勿体《もったい》ないって、お前ら誘ったんだ」

「なるほど、確かに見ておくべき試合だね」

「だな」

奈子の声に桃李が返事をする。

青葉大附属高校といえば、去年の宮城県の代表校であり夏の甲子園の覇者だ。去年初めて東北に優勝旗を持ち帰った、白河《しらかわ》の関を越えた、と東北中から祝福を受けたのが記憶に新しい。

対する神光学院は、福島県夏季大会の優勝常連校である。そして先月の春の選抜で優勝した高校でもある。

「福島県で甲子園を目指すなら、必ず神光学院を負かさないといけない。そして甲子園で優勝するには青葉大附属をな」

今年、青葉大附属は夏の甲子園二連覇を、神光学院は春夏連覇を目指しているだろう。敵情視察をするには持ってこいだ。

「ところで桃李、お前、やっぱり捕手をやるのか？　あの正確なコントロールと速さがあるなら投手の方が向いてるんだけどな」

「もうそれは散々話しただろ、俺は明日馬とバッテリーを組むんだよ、高校はそれで挑みたい」

桃李は小学五、六年と中学の三年間、投手をメインとし捕手の練習もしていた。ガタイが良く強肩である桃李だからこそ出来る業なのだが、それはもちろん明日馬とバッテリーを組むためだった。

だが晃は、投手一本に絞れと言う。明日馬とダブルエースになれと言うのだ。晃の言ってる意味も分かる。甲子園を狙うなら投手層が厚い方がいいに決まってるからだ。でも俺は、あのグラウンドに明日馬と共に立ちたい。

そのためだったら、なんだってする。

宮城県仙台市は東北最大の都市である。駅前は福島駅とは比べ物にならないほど発展し、人口も百万人以上いる。そんな街の外れに青葉大附属高校のグラウンドはあった。

夏の覇者と春の覇者が練習試合をするというので、グラウンドには取材陣が集まっていた。

さすが夏の覇者のグラウンドと言うべきか、私立校だからと言うべきか、県立の桜堂高校とは似ても似つかないほど設備が整っていた。緑の芝生に茶色の土は、甲子園のグラウンドそのものだったし、立派な観客席まで備えられていて、その辺にある野球場と変わりない。いや、それ以上の設備だろう。

一塁側の観客席に桃李たちがやってくると、取材陣たちの空気が一瞬ザワッと変化した。身長が高くガタイのいい桃李を見つけたからだ。どこの選手だ？　なんて期待の声も聞こえる。だが桃李の制服や顔を見るや、何だ無名のやつか、と再びグラウンドに顔を向ける。

そのあからさまな態度に、気分が悪くなった桃李は、今に見てろよ、と歯を食いしばった。

今年から桜堂の時代が来る。

俺と明日馬がいれば、すぐに桜堂の名は知られるだろう。

必ずだ。

「おい、メンバー表配ってたぞ」

ベンチに顔を出した晃が、桃李と奈子の元へと戻って来る。

「練習試合でメンバー表なんて配ってるの？」

「まぁ、アピールしたいんだろうな、うちは今年はこの新人でいきますよって」

「普通、隠し玉にするもんじゃないの？」

「いやぁ、どうせバレるならアピールした方がいいだろうって思ったんだろうな。それは監督の作戦の一つだとは思うけど、そういう戦略が上手いんだよな、青葉大附属と神光は」

「ふ〜ん。そういうもんなんだね」

奈子は晃からメンバー表を受け取り、名前を見ると、すぐに顔を上げ、

「こ、これ」と声を震わせた。

晃は小さく頷くと桃李を見、奈子も同じように桃李を見た。

二人が、自分に注目した訳が分からず、

「何だよ、何が書いてあるんだよ」

と桃李は奈子からメンバー表を乱暴に奪った。

「桃李、冷静に聞いてね、怒らないでよ」

「だから何だよ」

桃李がメンバー表を見ようとしたその瞬間、パン！　と、やけに軽快な弾《はじ》け飛ぶ音が聞こえた。

桃李は、グラウンドに目を向けると、すぐ近くでピッチング練習をしている投手の後ろ姿が見えた。

身長百八十センチは超えているだろう。逞《たくま》しい二の腕から繰り広げられる投球は、誰の目から見ても美しく真っ直ぐに伸び、目に焼き付いて離れなかった。

地面に食い込むスパイク。

大きく振りかぶる右腕。

瞬《まばた》きひとつでもすれば、見失うほどの鋭い投球。

パン！　というキャッチャーミットに球が収まる音が聞こえるたびに、感嘆のため息が取材陣から漏れた。

「あれが神光の新人か」

「東京から来たらしい」

「これじゃ、今年の夏は神光かもな」

「有り得るな。新人ってことは選抜にいなかったってことだもんな」

「そうそう、選抜の精鋭メンバーにあの投手が加わったら青葉大も危ないんじゃないか」

そんな声がどこからか聞こえ、桃李はメンバー表を眺めた。

文字が歪み、二重に見える。だけど集中し、頭文字だけを見た。

『寿』

まさか。嘘《うそ》だよな。何でお前がこんなところにいて、神光のユニフォーム着てんだよ。

桃李は、観客席のベンチをいくつも跨いでグラウンドに向かう。

背中の向こうから、奈子の「ちょっと桃李！」という声が聞こえたが、それを無視し、グラウンドと観客席の境目にある防球ネットを摑んだ。

そして投球練習をする男の背中に、

「明日馬！」と声を掛けた。

ネット向こうの男の肩がピクリと上がった。だが捕手から球が返ってきて、キャッチしたからか振り向きはしなかった。

「明日馬！　俺だよ！」

桃李はもう一度声を掛ける。

だが男は振り向かず、淡々と手にある球を見、縫い目や握り方を何度も確認している。

そしてロジンバッグを摑もうと横を向いたその瞬間、目が合った。

帽子のつばの下に見えるスッとした目に薄い唇、意志の強そうな濃い眉。手足の長い常人離れした体軀《たいく》。色白の肌。

やはりそこに立っていたのは、寿上明日馬。

あいつだった。

2　運命の出会い

桃李が明日馬と初めて会ったのは小学四年の春だった。その時もまだ春というよりは冬であり、白い息が纏わりつくような寒い日だった。

「東京から転校してきた寿上明日馬君。皆、仲良くするようにな」

転校初日の明日馬は、どこかつまらなそうな顔をしていて、頭をちょこんと下げると先生に促され、空いている席に座った。

あぁなんかシュっとした奴が来たなぁ〜なんていうのが第一印象。背は高めで、顔もまぁまぁカッコいい。それに何と言っても東京から来たっていうのが女子の興味を刺激したらしく、休み時間は女子たちに囲まれていた。

「桃李、サッカーやろうぜ」

その頃の休み時間、桃李は専らサッカーをやっていた。他のクラスの連中と合同でやっていたのだけど、足の速さなら誰にも負けないと自信があったから喜んで参加していた。サッカーだけじゃない。スポーツなら何でもこいだ。水泳だって、バドミントンだって、ドッジボールだって何だっていい。

「寿上君もサッカー一緒にやらない？」

サッカーボールを持って教室を出て行こうすると、耕太《こうた》が明日馬に声を掛けた。耕太って奴はそういう気遣いが出来るのだ。でも明日馬はその誘いを「俺、サッカー好きじゃないから」と無下に断った。

「うげぇ、なんだよあいつ」

「感じ悪いし」

「もう行こうぜ、耕太！」

そんなことが転校初日にあったものだから、クラスでの明日馬の扱いは酷《ひど》いものだった。イジメかと言われるとそうではなく、所謂、声を掛けても無駄だろうという諦めの極致、存在がないことになっていた。ただし、女子からは人気があって、

「寿上君って勉強出来るんだね」なんて言われていた。

確かに明日馬は勉強が出来た。元々東京の方が授業も進んでいるというのもありそうだけれど、それでも授業で指されたら、すんなり答えられて、それが桃李には羨ましかった。何せスポーツは出来ても勉強はからっきしだったからだ。

「次、桃李、三行目から読んで」

「えぇ～」

「えぇじゃない」

「だってさ、文字が見えないから」

「何言ってんだ、サッカーボールは見えるのに、漢字は見えないっていうのか？」

「まぁ、ボールはでかいんで」

桃李は笑いを取るつもりで言うと、教室中が沸き、「そらそうだ！」「さすが桃李！」なんて声が上がる。

へへっと誤魔化したけど、先生は見逃してくれなくて、結局は教科書を読む羽目になった。でも上手く読めず、何度も引っ掛かり、そのたびに、

「桃李ちゃんとしろよ！」

「真面目《まじめ》にやれって」

「何でこんなのも読めねぇんだよ」

「本当お前、スポーツしか出来ねぇな」

なんて野次が教室中から飛んだ。

「ちゃんと予習復習するようにな」

先生にもそう言われた。

だけど桃李は大真面目だった。教科書を見ても文字は踊るように動き、黒く塗りつぶしたように見え、まるで読めなかった。皆が普通に読める方が不思議だった。百メートルを馬よりも速く走れ、そう言われて走る方が教科書を読むよりも簡単だ。何で皆が出来て俺には出来ないのか。皆はそんなにも努力を重ねているのか。だとしたらその方法

を教えて欲しかった。

週末になると、飯坂電車に乗って市街地にある県立図書館にやってきた。ここは信夫《しのぶ》山《やま》のふもとにあり、美術館も併設している。施設の奥にある『こどものへや』にやってきて、絵本を手に取ると椅子に座った。

学校の図書室で絵本なんか読んでたら、誰かに見つかって、赤ん坊だとか何を言われるか分からない。それでなくても授業についていけなくて、スポーツ以外は何も出来ず、頭が悪い、勉強が出来ないなんて言われているのだ。自虐で笑いを取ってはいるものの、本当は悔しくて仕方ない。言い返したいけど、実際に頭が悪いから何も言えない。特に国語の授業は壊滅的だ。

手に取った絵本は全て平仮名で書いてある。漢字なんかひとつもないのに時間を掛けないと読めない。厳密に言えば、読めないわけじゃなくて、文字が歪む。文字が滑って二重に見える。耳から聞こえてくる声は認識できるのに、文字になると一気に理解できなくなる。

一度、父さんにそれとなく伝えたけど、

「嘘をつくな、勉強したくなくて言ってるだけだろ！　努力もしねぇで何言ってんだ！」と聞く耳を持ってくれなかった。だから言うのを止めてしまった。

先生にだって言おうとした。でも、出来ないことを認めるのが恥ずかしくて、悔しくて、結局は全てを笑って誤魔化した。

ゆっくり時間を掛けて絵本を読み終えた。続いていくつか漢字がある本を手にする。多分小学一、二年生が読むものだろう。漢字もあるけど、絵も多く描かれている。

実をいうと、こんなことをここ数カ月繰り返している。週末、遊びに行くと嘘をついて図書館に来て本を読む。父さんが、努力が足りないというから、本を読んで必死に頑張っている。だけどまるで頭に入ってこない。一体、皆は文字を読むためにどんな努力をしてるんだろう。この本をノートに丸まる写せばいいのだろうか。

桃李は、鞄《かばん》からノートと鉛筆を出すと本の文章を写した。


「それって、この本を写したんだよね？」

一時間半経《た》った頃だった。たっぷり時間を掛けて本を一冊写し終えると、声を掛けられた。詰襟の学生服を着ているので中学生と分かったけど、色白で身体は小さく、身長は桃李と変わりなかった。そもそも桃李は他の小学生よりも身体が大きいので、中学生に間違えられることも多い。

「うん、そうだけど」

何を言われるのだろうと身構えた。

「ここ、文字が反転してるけど」

その中学生は、模写したノートを指さした。

「あとここ、大文字の『よ』じゃなくて、小文字の『ょ』じゃない？　『きょう』って書きたいんだよね？」

桃李は、え？　とノートを見る。でも自分では言われていることが理解できない。実際『きょう』と書いたつもりでいた。

「ちょっと待って」

中学生は、何を思ったのか、鞄から水色の透明な下敷きを一枚取り出すと、開いた本の上にそれを置いた。そして今度は、ノートを二冊取り出すと、一行だけを挟むように上下に置く。

何をしてるのだろう。中学生の行動が桃李には理解できなかった。そして、

「どう？　これで読めたりしない？」そう言って、本を見るように桃李を促した。

本を覗き込む。なぜか、一行だけが浮かんで見えた。

「あれ？　何で？　見えるんだけど」

確かに先ほどまで二重に歪んでいたはずの文字が、鮮明ではないけれど読むことが出来た。

「うん。あのさ、ちょっとこっち来てくれない」

その中学生は、『こどものへや』を出て行くと、入り口近くにある、大人の書籍の読

書机に桃李を連れて来た。そして何度も行き来しては、色んな棚から本を持ってきて桃李の前に置いた。

「僕が読むから、もし当てはまってることがあったら声かけてくれる？」

「え？　……うん」

その中学生は、本に書いてある文章を読んでいく。桃李は言われた通り、当てはまってるものがあると、「それそうだよ」と答えた。


「あのさ、多分……キミさ、ディスレクシアだと思う」

一通り本を読み上げると、その中学生は一拍置いて、言いにくそうに声を出した。

「ディスレクシア？　って何？　何かの病気？」

「病気というか、発達障害の中の学習障害をＬＤって言うんだけど、その一部をディスレクシアって言って、知能の遅れがなく会話も普通に出来るのに、文字の読み書きが上手くいかない人のことを主に指しているんだ。多分キミはＬＤの中のディスレクシアなんだと思う」

桃李は聞いたことない、という意味で首を振った。

発達障害という言葉は聞いたことがある。テレビでも漫画でも見かけるからだ。でも学習障害は知らない。まず病気と障害の違いが分からない。

ただ桃李がこの時抱いていたのは、この俺が？　まさか嘘だろ？　という反発の気持ちと、やはりそうか、という自分のもどかしさに名前がついた安堵《あんど》の気持ちだった。

桃李の実家は中華屋・桃園《とうえん》を営んでいる。所謂、町中華の部類で、ラーメンから始まり、麻婆《マーボー》豆腐や唐揚げなど色んなものが揃っている。その店を父さんと母さんの二人で切り盛りしていた。

その日の夜。桃李は母さんに中学生がコピーしてくれたディスレクシアの特徴を見せた。父さんは店に出ていて、丁度いいと思った。父さんに言えば、絶対に嘘つくなと言われるに決まっている。父さんは全てを自分の物差しで測ろうとして、自分の知らないことを見ようとしないからだ。

母さんは「分かったわ」そう言うと、すぐに児童相談所に連絡してくれ、紹介してもらった病院へ連絡をした。

父さんには結果がわかってから話して欲しい。桃李がそうお願いしたので、病院への付き添いは母さん一人だった。

自宅から離れた市街地にある大学病院へ行き、小児科で診断を受ける。医師と面談をし、知能検査をした。その結果、あの中学生が言ったように、発達障害の中の学習障害＝ＬＤ、その中の読み書きが出来ないディスレクシアと診断された。

個人差はあるが桃李の場合は、耳から聞こえてくる声や音には異常性はない。他にも、話すこと、計算すること、推論すること、それらは問題なかった。だが、読むことと書くことの障害が顕著に出た。

文字が歪み、二重に見える。文字や単語を抜かして読む。そのことにより、文字を正しく書けない。漢字の偏と旁《つくり》を間違える。単語が書けない。短い文章しか書けない。文法的な誤りが多い。

ディスレクシアは文字と音の関係の『音韻意識』、文字の形が分かる『視覚認知』、見たものを記憶しておく『視覚記憶』が関係しており、桃李は主に『視覚認知』に異常がみられた。

『視覚認知』につまずきのある者は、漢字のパーツが覚えられず、正確に漢字を書くのが苦手である。単語をひとまとまりに見られず、おかしなところで区切ったりする。ただそれは視覚にだけ現れ、話したりする音韻には異常はなかった。そのこともあり、普通に会話が出来るため、ディスレクシアは発見が遅れるという。

「今は、学校の方でもサポート体制のあるところが多いですから、学校ともよく話し合ってください」

医師は母さんに説明する。そして母さんは先生の話を熱心に聞き、メモをしていた。

だが、やはり父さんは違った。

「ディスレクシア？　何だそれは」

病院から戻ると、母さんは父さんに説明した。

知能の遅れはないのに、文字の読み書きが出来ない。そのせいで桃李は勉強に遅れが出ている。これは努力とかではなく、持って生まれたものだから仕方がないこと。

そう母さんが説明した。だけど父さんは、

「勉強をやりたくなくて、そんなこと言ってんだろ！」と認めようとしない。

病院で医師に診断してもらった、母さんがそう言っても無駄だった。自分の子供に学習障害があることを認めようとしなかった。


日曜日、県立図書館へ行き、いつもの通り『こどものへや』へやってくると、この間の中学生がいた。

彼は桃李を見つけると、「どうだった？」と声を掛けてきて、桃李は自分がやはりディスレクシアであったことを話した。

「先生に、治るものじゃないって言われたんだ」

医師は、ディスレクシアは努力で治すのは難しいこと。それは桃李に一生ついてまわることを説明した。

切り傷を治すように、風邪を治すように、ＬＤを治すことは出来ない。障害を受け入れて共に生きるしか道はない。

　昨夜、そのことを考えただけで眠れなかった。もどかしさに名前がつき安堵したはずなのに、今度は自分の人生がどうなってしまうのだろう、という不安で頭がいっぱいになった。父さんはきっと助けてくれない。母さんは助けてくれるかもしれないけど、結局最後はそんな父さんの言いなりになるだろう。だとしたら一人で全てを考えなければいけないのか。不安が波のように押し寄せ、それは朝まで続いた。

「きっと、もうダメだよ」

　普段だったらこんな嘆き、誰にも言わない。自分の弱さを見せるなんて、カッコ悪くて絶対にしない。でも目の前にいる中学生はどこの誰とも知らないし、無関係の他人だから素直になれた。

「何かが出来ないからといって、他の全てが出来ないわけじゃないよ」

　項垂《うなだ》れていた桃李は、へ？　と顔を上げる。

「違う？」

　中学生は、温かみのある目で桃李を見ていた。

「何かが出来ないなら、他に出来ることを探せばいいんじゃないかな？　そして、その出来ることの努力を惜しまず生きればいいんだよ」

　その言葉は、桃李にとって、真っ暗な世界に道標《みちしるべ》の光を照らしてくれた。

＊

数日後。中学生に指定された河川敷のグラウンドに行くと、そこには転校生の寿上明日馬がいた。なんで？　という困惑した顔を中学生に向けると、明日馬も同じように顔を向け、

「何でお前がいるんだ？」

「それはこっちの台詞《せりふ》だよ」

「翔兄、何でこいつのこと知ってるの？」と声を掛けた。

兄？　まさかこの中学生、明日馬の兄弟なのか。しかも兄。身長なんか明日馬の方が高い。どちらかというと中学生はニコニコしていて目尻に皺《しわ》が出来るほどの菩薩《ぼさつ》顔。それに対して明日馬はスッとした目をしていて、能面みたいな顔をしている。兄弟といっても似ても似つかない。雰囲気だってまるで違う。青と赤。陰と陽。もちろん中学生が、赤色で陽である。

「何だ、二人とも知り合いだったんだ、それなら話は早いね」

先日、桃李は中学生に自分の出来ることを話した。得意なのはスポーツ。走るのも球技も得意。その中でもバドミントンと水泳が得意だと話した。すると中学生は、自分の

弟が野球をやっていて足が速いから競走してみようよ、と言ったのだ。

「そっか、自己紹介してなかったね。僕は明日馬の兄で寿上翔、中学三年生だよ。明日馬と同じく東京から引越してきたばかりなんだ」

「翔兄……」

「うん！　よろしく！」

翔兄は、頭を下げる。

中三だったのか。でもそれにしては身体が小さい。色も白くて、やはり明日馬に似ていない。

「なぁ、なんでこいつと競走しないといけないの？」

明日馬は聞く。どうやら桃李のディスレクシアの件は知らないようだ。

いずれクラスで話題になるかもしれないけれど、今はまだ伏せておきたい。なんというか、今は明日馬には弱みを握られたくない。

「足の速さがどれくらいか知りたいんだ」

「まさか、スカウトするつもり？」

翔兄は、ふっと笑顔を作り、「まぁね」と返事をした。

「誰彼構わずスカウトするなよな」

「ちゃんと素質は見抜いてるつもりだよ。だから明日馬に協力してもらいたいんだ」

桃李は、二人の言ってることが分からず、

「スカウトって何？」と聞く。

「まぁ、ちょっとね。とにかく、明日馬と競走してもらってもいいかな？」

翔兄の目が今までよりもどこか輝いていて、桃李は反論せずに、「分かった」とスタート地点に立つ。

いつもだったら他人の言うことを聞かない桃李も、翔兄の言うことには耳を貸す。翔兄の言ったことをしていれば、全ては上手くいく気がしていたからだ。

明日馬は、なんで俺が、と渋々付き合っているのがありありと分かる顔をしているのだが、根が負けず嫌いなのだろう、桃李の隣に立つと勝つ気満々で靴ひもをきつく締め直していた。

「手加減しねぇからな」

「頼んでねぇよ」

何でこいつはこんな言い方しか出来ないんだよ。本当に兄弟なのだろうか。生意気な口ぶりに疑わずにはいられない。

「準備いいかな！」

百メートル先のゴールで待ち構えている翔兄が、手を挙げて大きな声を出す。

桃李も明日馬も無言で手を挙げ、走る構えをした。

「いちについて、よーい」

翔兄の掛け声。そして、

「ドン!」の合図で走り出した。

幼稚園の頃から走ることに関しては誰にも負けたことがない。運動会では常にリレーの選手に選ばれ何人も抜き去ってきた。

そんな俺が負ける訳ない。

だが、明日馬も野球をやっていると言っていた通り、速かった。桃李の横に並び、譲る気はなさそうだった。

そして翔兄が待つゴールに、二人は同時に着いた。

息を切らし、その場に倒れる。桃李の隣には明日馬が倒れた。

「凄いよ、桃李君、凄い！　明日馬が勝てないなんて久しぶりだ！」

「なにそれ、同時じゃ意味ないし、勝てなきゃ意味ないだろ」

息も絶え絶えに答えると、何が面白かったのか、翔兄は声を出して笑いだし、

「いいね、その負けず嫌いの性格、うん向いてるよ！」と褒めた。

一体さっきから何を言ってるんだ？　身体を起こすと、翔兄は突然「はいこれ」と桃李に何かを差し出していた。

「ん？」と受け取ると、それは茶色のグローブだった。

「野球はやったことある？」

へ？　という顔をし、手に持っているグローブを見つめる。使いこまれていたが、きちんとオイルで手入れされているようで表面がピカピカに光っている。

なるほど、俺を野球に誘いたいのか。

「野球は、たまにしかしないけど」

桃李たちの小学校では今サッカーが流行《はや》っている。道具がいらず、ボール一つで出来るというのが理由の大半を占めている。

「じゃあ、ちょっと明日馬とキャッチボールしてくれないかな」

「え？　あぁ」

顔を横に向けると、明日馬はグローブを手にはめて、いつの間にか少し離れたところに立っていた。

「明日馬、行くよ」

翔兄が声を掛け、明日馬は「おぉ」とやる気のない声を出した。

桃李はボールを受け取ると、明日馬に向けて投げる。野球をやったことはあると言いつつ、指導を受けたことがない桃李の送球は、ただ投げるというものに近い。

それを見抜いた翔兄は、すかさずアドバイスを始める。

ボールは、親指、人差し指、中指の三本で握る。縫い目を意識する。身体を真横に向け、腰の捻《ひね》りを使って投げる。グローブをはめた手を相手に向けて突き出す。

「もう一度、投げてみて」

言われた通りに、ボールを投げる。意識して投げたからか、速さは先ほど投げた時と変わりないはずだが、フォームはぎこちなくなってしまった。

「桃李君、凄いよ、やっぱり球技に向いてるんだね。バドミントンやってるんだっけ？」

「うん。母さんが好きで付き合わされて」

「お父さんも何かスポーツやってるの？」

「父さんはずっとバスケしてたみたいだけど」

「じゃあ背が高いんだ？」

「まぁ、うん。かなりデカい。百八十五あるって言ってた。それに厳《いか》つい。ってか今の変な恰好じゃなかった？　意識したら変なフォームになったんだけど」

「何言ってるの、最高だったよ。一度言っただけで投げられるなんて、才能があるんだよ。肩だって強いし、関節が柔らかい。多分バドミントンをやってるからなんだと思うよ。それに加えて足も速いなんて、野球をやるべくして生まれてきたに違いないんだから」

普段だったら嘘つくなよと悪態をつく歯の浮くような台詞も、翔兄が言えば素直に聞けた。そして、自分はもしかして本当に才能があるんじゃないかって思ってしまうから不思議だった。

「一緒に野球やらない？」

桃李は顔を上げ、目の前にいる翔兄を見つめる。隣にはいつの間にか明日馬がやってきて仏頂面で桃李を見ていた。

「だけど……」

俺は読み書きが出来ない。野球は、ディスレクシアの俺が出来るものなのだろうか。

桃李の気持ちが透けていたのだろう。翔兄は、

「知ってる？　ディスレクシアの有名人って結構いるんだよ。古くはレオナルド・ダ・ヴィンチやアインシュタインもそうだったんじゃないかって言われてる。あとは、ハリウッド俳優のトム・クルーズやキアヌ・リーヴスもいる。キミだって得意なことを活《い》かせばいいんだよ。何かが出来ないからといって、他の全てが出来ないわけじゃないよ」

と図書館での言葉を繰り返した。

明日馬はディスレクシアが何のことか分からないのか、二人とも何言ってんだ？　という顔をしていた。

「それに野球に文字は関係ないからね。監督の指示はサインを覚えればいいんだから。桃李君は視力がいいから、遠くても手のサインを見れば会話が出来るよ」

そうなのだ。桃李は、文字は読めないのにやたら視力がいい。父さんも母さんも目が良くて2・0を下回ったことは一度もないそうだ。

「やる。俺、野球やるよ」

桃李の声に翔兄は「やったね！」と喜び、明日馬は「まじか」と呟《つぶや》いた。

その日、自宅に帰ると、父さんと母さんの前で、野球をやるからと宣言をした。まだディスレクシアをどうすべきなのか悩んでいる最中だったこともあり、父さんは野球よりも勉強をすべきだと頑《かたく》なだった。だけど母さんは違った。医師から、出来ないことは何らかの方法で補いましょうと助言をもらっていたからだ。母さんは、桃李が伝えた少年野球クラブにすぐに連絡してくれた。そこは明日馬が所属している野球クラブで、詳しい話を聞きに監督の自宅まで赴き、ディスレクシアの障害があっても可能かどうかを聞いてくれた。そして医師にも相談し、本人の特長を活かすべきだと言われ、全て揃ったところで、もう一度父さんを説得した。

「あなたも私もスポーツが得意だったでしょ？　だからこの子も得意なのよ。あなたなんてバスケだけじゃなくて他のスポーツだってしてたじゃない。その中に野球もあったはずよ、ね、お願い」

とにかく頑固な父さんだったけど、母さんの説得に渋々と承諾してくれた。

母さんがこんなにも父さんに意見するのを初めて見た気がする。もしかしたら俺が思っているよりも母さんは俺のことを考えてくれているのかもしれない。

それから桃李は野球のことばかり考え始めた。まず体力をつけた方がいいと翔兄に言われ、朝、学校に行く前にジョギングと素振りと筋トレを始めた。

「人が休んでいる時こそ、頑張りどきだと思うんだよね」

翔兄がそう言うのだから間違いではないのだろう。

自分でも単純だと思う。でもやっぱり、翔兄の言う通りにすれば、全ては上手く行くような気がしていたのだ。

＊

「桃李は学習障害の中でも、読み書きに障害があるそうだ。そういうのをディスレクシアと言うらしい。先生も先日聞いたばかりでまだ勉強中なんだが、文字を読むのも、書くのも皆より時間がかかるそうなんだ」

先生は桃李に顔を向け、それが合図のようにクラス中が桃李に注目した。

先日、母さんと一緒に、担任や学年主任、養護教諭にディスレクシアの報告をした。

先生は、そういった障害があることを知ってはいたものの、実際に見たことがなかったので気付けなくて申し訳ないと言ってくれた。俺は別に謝って欲しいわけではなかった。

ただ、今後の教室内での自分の位置というものが、不安だった。いつもふざけて輪の中心にいた俺はどこに行ってしまうのだろうか。障害のある俺を皆は受け入れてくれるのだろうかって。

「桃李、教科書が読めないって、本当だったんだ？」

「いつものおふざけかと思ったよ」

教室内がざわつき、各々隣の席のやつと話し始める。

皆と自分は違うのだと他人に話すのは勇気がいる。自分だけ除け者《のけもの》になって、一人でどこかに置いていかれると思うからだ。

ふと、横を見ると、明日馬が俺を見ていた。何だかその顔が翔兄に見えた。急に勇気をもらった気になった。

桃李は、ガタっと椅子から立ち上がる。と、ざわついていた教室内が静まり、皆が再び桃李に注目した。

「本当はずっと見えてなかったんだ。文字が歪んでて、読めなかった。もっと早く誰かに相談していればよかったんだけど、俺も何なのか分からなくて」

桃李の告白に、教室内は沈黙したままだった。

「まぁそういう訳だから、桃李はこれからタブレットやボイスレコーダーを授業で使用することになるからな。皆も、そういうつもりでいるようにな」

再び、教室内がざわつき始めると、ホームルームの終わりを告げるチャイムが鳴り、解散になった。先生が教室を出て行くと、桃李の周りにクラスメイトが集まり、「お前大丈夫かよ」「大変だな」そんな風に声を掛けてくれた。

皆が自分を受け入れてくれたことに桃李は安堵した。

だけど、数日後だった。思いがけない出来事で、それは脆《もろ》くも崩れ落ちたのである。

「桃李、サッカーやろうぜ！」

「わりぃ、俺、野球やるから」

昼休み。桃李はクラスメイトである武部《たけべ》の誘いを断り、「明日馬行こうぜ」とグローブを持った。すると、それを見ていた武部が、

「は？　お前何言ってんだよ、あんな転校生相手にすんのかよ」と文句を言ってきたのだ。

「相手にするっていうか、明日馬はそんな悪い奴じゃないし、話せば分かるよ」

少年野球で桃李は明日馬とバッテリーを組んでいた。そもそも明日馬は投手をやっていて、後から入った桃李がポジションはどこでもいいと言ったからだった。

強肩で足が速いと翔兄に聞いた監督は、それなら捕手をやらせてバッテリーを組ませよう、そう言い、二人は何かと一緒に行動を共にすることになった。それで分かったの

だが、明日馬は生意気だし、ぶっきら棒だけど、別に悪い奴じゃない。強いて言えば、物を斜めに見ているというのが正しいと思う。でもそれも話せば分かるのだけど、転校初日がまずかったのか、クラスメイトは誰も話そうとはしなかった。

「あぁ、そうですか！　もう行こうぜ」

武部は、メガネに出来た曇りを指でなぞって消すと、クラスメイトたちと共に校庭へと走った。

「お前、いいのかよ」

「何が？」

「いや、いいなら別にいいんだけど」

明日馬は、そう言うと機嫌よさそうに校庭へと向かった。だけど事件が起きたのは、昼休み明けの五時間目だった。

「先生！　何で桃李ばっかりタブレット使って授業受けてるんですか？　それってズルなんじゃないんですか？」

国語の授業中、武部が桃李の持つタブレットを指さして抗議した。

この間の説明でディスレクシアは納得してくれたと思っていた。でもサッカーの件で矛先が明日馬から桃李に変わったらしい。

やはり人というのは、自分とは違う劣る人間に敏感で、除け者にしようとする。そしていつ自分がその劣る側になるかいつも不安で、自分ではない誰かを除け者に仕立て上げようとする。

「だから、それは話しただろ？　桃李は障害を持っていて」

「でも、桃李、全然そんな風に見えないし、もしかして嘘ついてんじゃねぇのかなって」

えぇ、嘘？　そうなの？　と声が聞こえる。

「勉強出来ないから、嘘ついてタブレット使ってんじゃねぇの？　そっちの方が楽だもんな」

まじかよ、信じらんねぇ。

でも確かに、桃李、前と特に変わってないしな。

そんな風に見えないよな。

嘘ついてたんだ。

クラス中のあちこちから声が上がった。

「桃李！　何とか言えよ！」

言い訳をしないと、俺は本当に文字が見えないし、書くことが苦手なんだって。嘘じゃないんだって。ズルなんかしていないって。

そう言いたいのに声が出なかった。

俺の障害ってそんなに皆に迷惑かけてんの？　皆にズルいって言われるほどのものなの？　だったら俺だって代わって欲しい。俺だって皆のように文字を読んで、皆のように文字を書いて、皆のように授業を受けたい。俺だって好きでタブレットやボイスレコーダーを使いたい訳じゃない。でも何をどう頑張ったって、読めないし書けないんだ。これはもう俺の努力だけじゃどうしようもないんだ。だから道具を借りてるのに。何で俺ばっかりこんな目に遭わないといけないいんだ。

俺だって、俺だって……。

桃李が立ち上がろうとした、その時だった。バン！　と机を叩いて立った奴がいた。

明日馬だった。

明日馬は無言のまま、武部の元へ行くと、武部のかけているメガネをはぎ取った。

そして、

「お前、その状態で黒板見えるのかよ」そう言ったのだ。

「お前はメガネかけてるから目が悪いって分かりやすいけど、桃李もお前と変わりないんだよ。メガネみたいに道具がないと見えないし書けないの。ディスレクシアはそういう障害なんだよ、分かったか！」

明日馬はメガネを机に投げる。

武部はゴクリと唾をのみ、慌ててメガネをかけ直した。

教室中が明日馬の怒鳴り声に静まり返った。普段大声を出さない奴が声を発すると、こんなにも迫力があるんだな。武部だけではない、皆が明日馬に一目置く。

そして教室内から我に返ったように、そっか、なるほどね、の声が次々に上がった。

「はいはい、もうこの話はここまで、先日皆で決めたんだからな。桃李はそのままタブレット使っていいからな」

先生の声に、桃李は小さく頷き、明日馬は自分の席に戻った。


「あそこで明日馬が出て来たら、お前が嫌われちまうじゃねぇか」

放課後になり、桃李と明日馬は、走って少年野球クラブのグラウンドへと向かう。自前のグローブは持ってきてるから、自宅に戻らなくても問題なかった。

「お前だって昼休みにサッカーやってれば、あんなことにならなかったのによ」

桃李と明日馬は、確かになぁと顔を見合わせ笑った。

「俺は一分一秒でも早く野球が上手くなりたいの。そのためには、一に練習、二に練習、三四がなくて、五に練習なんだよ」

「それ、翔兄が言ってたんだろ」

「あ？　バレた？」

「あいつ野球オタクだからな。桃李も巻き込まれるぞ、ってかもう巻き込まれてるか」

「そういうお前だって」

「まぁ、俺は生まれた時から巻き込まれてるからな」

桃李も明日馬も仕方ねぇなと笑った。

少年野球クラブの練習は、いつも河川敷のグラウンドで行われるのだが、まだ時間が早いからか誰もいなかった。待ちきれず二人でキャッチボールを始める。

だけど、翔兄はどうして野球をやらないのだろう。こんなにも好きなら自分でやればいいのに。翔兄は選手や試合の分析が得意だ。桃李たちの試合があるたびに、記録し、桃李や明日馬に色んな助言をしてきた。そのおかげで勝てた試合もあった。

「なぁ、翔兄はどうして野球をしないんだ？　そんなに好きなら自分でやればいいのにさ」

桃李の無神経な質問に、明日馬は一瞬言葉を詰まらせたけど、こいつなら大丈夫だろうと思ったのか、言葉を発し始めた。

「やろうと思っても禁止されてるんだよ。本当は外出も控えた方がいいって医者に言われてる」

「医者って……翔兄どこか悪いの？」

「まぁ、うん……心臓。生まれつき形が普通とは違うらしい。そのせいで運動も制限されてるんだ」

「え？」と桃李は球を投げるのを止め、明日馬もグローブを下ろした。

「なにそれ、治るんだろ？」

「さぁ、どうなんだろうな、俺には父さんも母さんも説明してくれないから。でも、こっちに来てから結構安定してるからな」

明日馬が東京から福島へ引越してきたのは翔兄の病気のためだった。空気が綺麗な場所へ行き、静養するのがいいと医者に言われたそうだ。明日馬は初め転校するのを嫌がった。どうして自分が友人たちと離ればなれにならないといけないのか。だが、それを聞いた翔兄が「明日馬、ごめんな」そう謝ったから何も言えなくなり、母親の故郷である福島に家族で引越してきたのだという。

「だからか、俺の障害、一目見ただけで気付いたの翔兄だけだったんだよな。都会の学校ではそういう奴が多くいるからなのかと思ったけど、病院にいたら見かけたりするもんな」

桃李はずっと不思議だった。翔兄が自分を一目見ただけでディスレクシアであると気付いたこととか、あとはあの言葉。

『何かが出来ないなら、他に出来ることを探せばいい。その出来ることの努力を惜しまず生きればいいんだ』

きっと、東京の狭い病室で、翔兄はずっと自分の人生の意味を考えていたのだろう。

俺と同じように、自分の人生はどうなってしまうのだろうと不安を抱え、夜を迎えていたに違いない。静まり返った病室に一人ぼっちでいれば、考えなくてもいいことを考えてしまうのだろう。

「なぁ、明日馬」

「ん？」

「最高のバッテリーになろうな」

「何だよ突然、当たり前なこと言うなよな」

「そうなんだよ、当たり前のことなんだよな」

「そうだよ」

俺が捕手で明日馬が投手。俺たちは、必ず二人で強くなる。翔兄のために。翔兄の代わりに。これはもう決定事項なんだ。

桃李は、翔兄に教えてもらったように、球の縫い目に指を合わせ、身体を捻ると、思いっきり明日馬めがけて投げた。

パン！　という気持ちいい音がグラウンドに響いた。

＊

「もう何でこういうの私に言ってくれないのかな？」

またうるさい奴に見つかってしまった。

キーキーうるさいから、奈子のことを猿と呼んでいたのだけど、三年に上がった頃に、「女子に向かって猿はないんじゃない」と文句を言われて以来、猿だけは封印しているのに、こうもキーキーうるさいと言いたくなるのが本音だ。

放課後、いつものように少年野球クラブのためにグラウンドに行くと、いつの間にか奈子がついてきて文句を言ったのだ。

「だってお前関係ないべ」

「関係ないかもしれないけど、関係あるの！」

「意味わからんし」

「意味がわからなくても、そういうものなの！」

隣のクラスである奈子は、桃李がディスレクシアであることを聞かされていないと怒っているのだ。その上、いつの間にか少年野球クラブに入り、放課後遊んでくれないこともどうやら関係しているようだ。

「関係ないよな、お前もそう思うよな？　明日馬」

明日馬を振り返ると、やつは何故《なぜ》か奈子をチラチラと見ながらモジモジとしている。

いつもクールぶってる明日馬の見たこともない様子に、なんだこいつどうしたんだ？

とまじまじと顔を見る。

「明日馬、お前どうした？　顔赤いぞ」

「う、うるさいな！」

「はぁ？　なんだよ心配してやってんのに」

「まぁまぁ、それなら奈子ちゃんも野球やったらどう？　女の子もクラブに入ること出来るよ」

翔兄が、いじけている奈子に声を掛ける。

「本当に！」奈子はパッと顔を明るくさせる。

本当に翔兄はどこまでも菩薩のような人だ。

桃李と明日馬が所属している福島北少年野球クラブは、小学生女子も所属していいことになっている。だけど……。

「お前、超がつくほど運動オンチじゃねぇか」

「なによ！　仲間外れにする気でしょ」

「そういうわけじゃねぇよ」

面倒臭い。女子って何なんだ本当に。

「別にグラウンドに来るのは問題ないんじゃない？　記録とってもらったら有難いし」

明日馬がようやく話したと思ったら余計なことを言い、奈子は、

「記録ね！　任せてよ！　私そういうの得意なの」と喜ぶ顔を見せた。

寿上兄弟は女子に甘すぎる。特に弟の方。

「明日馬！　桃李！　ちょっといいか？」

記録って何をするの？　と奈子が明日馬に詰め寄っている時だった。少年野球クラブの監督が二人を呼んだ。

「はい！」

桃李も明日馬も駆け足で監督の元へ急ぐ。

「実は、今度始球式があるんだが、二人で出ないか？」

えぇ！　と桃李と明日馬は顔を見合わせる。

「もちろん出ます！」

「始球式って、試合の前にあるアレ？」

「そうだよ！」

明日馬はいつになく興奮気味だった。

現在、あづま球場では夏の高校野球・福島大会が行われている。その決勝戦で、桃李

と明日馬のバッテリーが始球式をすることになった。

「いやぁ、二人がそんな大舞台に出場するなんてな」

「翔兄、始球式だから試合に出るわけじゃないんだよ」

「そうかもしれないけど、始球式だって凄いことだよ、うん立派立派」

その日のクラブの帰り道、翔兄はそうやって桃李と明日馬を褒めた。奈子は先ほどまで翔兄と熱心に話していて、別にやることを見つけたらしく、結局クラブに入るのを止めた。

「何やるんだよ」と奈子に聞いたら、「適材適所ってやつだから！」と言い「じゃあ私、忙しいから」と帰った。

何て勝手な奴なんだ。それにそんな難しい言葉、今まで使ったことないのに。絶対に翔兄の受け売りに決まっている。

「しかも決勝戦だもんね。今年も決勝は桜堂高校と神光学院になると思うよ」

「でたよ、桜堂高校」

明日馬は、もううんざりだ、という顔を翔兄に見せる。

桜堂高校は、福島市の北部にあり、桃李の自宅から一番近い高校でもある。ここ十年ほど福島大会の決勝戦は必ず神光学院が勝利していたのだが、今年の桜堂高校は違うと聞いたのはつい最近のことだ。

「今年は桜堂高校の投手が凄いんだよな？」

明日馬が翔兄に聞くと、興奮状態に陥ったのか、

「そうなんだよ！　海洲《かいず》千尋《ちひろ》選手！　野球に愛された男！　あんな投球みたことない。なんであれが出来るのか分析できないんだ」と翔兄は頭を抱えている。

海洲千尋が繰り出す投球はストレートとフォークが主である。身体全体で振りかぶって投げるからか、力強く球威がある。しかも、変化球にもかかわらずストライク率が高かった。通常変化球はストライクを取りにくい。それなのに海洲千尋の繰り出すフォークはボールだろうと思わせてストライクのものが多く、読むのが難しいと言われていたのだ。

翔兄の興奮は収まりそうになくて、どれほど海洲千尋が素晴らしいのかを改めて説明し始めた。そんな様子を見て、翔兄の野球への情熱と、殺風景な白い病室を思い浮かべ、何だかやりきれない想《おも》いが頭を巡った。それは、文字を読みたいのに読めないという自分と、野球をやりたいのに出来ないという翔兄の想いの交差だった。

だからか、

「俺、絶対に始球式でカッコいいところ見せるから、なっ、そうしような明日馬」

そんなことを口走っていた。

翔兄も明日馬もポカンと桃李を見ていた。二人とも、何を突然、そう言いたげだったけど、何を意味しているのか明日馬には届いたようだった。

「あぁ、そうだな」

そんな返事が明日馬から返ってきた。

翔兄は、あ然《ぜん》としていた顔をふっと笑顔にさせ、

「期待してるよ」と今度は声を出して笑った。

練習後の田舎道。夏へと移ろい始めた空に、桃李たちの声がこだましていた。

＊

全国高等学校野球選手権・福島大会。出場校八十二校の頂点を決める戦いは予想通り桜堂高校 対 神光学院になった。

去年、そして一昨年《おととし》も同じ組み合わせだったのだが、これまでは神光学院が僅差で戦いを制していた。だが今年の桜堂高校は今までとは違う。エースである海洲千尋がいたからだ。

「一年と二年の時は怪我《けが》に悩まされていたんだ。海洲選手も悔しかったと思うよ。でも、三年生が引退してからの快進撃は素晴らしかった。選抜に出場する学校は既に決まって

いたから、それは公にならなかったけどね。去年のベスト4の学法東北との練習試合を見せたかったよ。ベスト4相手に無失点だからね、相手もあ然としてた。でもね、海洲選手の何が凄いって、投手としてもそうだけど、やっぱり打者としての素質だよね。打席に立った時のオーラが、他の選手とはまるで違うんだ。大学生、いやプロと並んでも比じゃないと思う」

翔兄は、あづま球場に向かう車の中で、桜堂高校の海洲千尋選手がどれほど凄いかを力説していて、口を挟む隙を与えなかった。

「翔兄、もういいって、そんな情報吹き込まれて、俺ら益々《ますます》緊張するだろ、これからそんな選手に投げるっていうのにさ、なぁ桃李」

「俺は、緊張よりもワクワクするかな」

桃李の呑気《のんき》さに、明日馬は呆《あき》れた顔をした。

「お前はいいよな、投げた球を捕るだけなんだからさ」

「まぁ、そう言うなって。どんな球投げても俺が捕ってやるからよ」

「いや、俺は絶対、海洲千尋からストレートで空振りをとるからな」

明日馬の心強い意気込みに、

「頼もしいな」翔兄は嬉《うれ》しそうに頷いた。

雲ひとつない水色の空が球場を覆う。あの水色が真っ青になった時、夏がやってきた合図になる。

新緑の若々しい香り。

山から流れてくる緩い風。

羽をバタつかせ飛びまわる虫。

初夏を思わせる天気の中、あづま球場の観客席は賑《にぎ》やかだった。テレビ中継も入っているようで、大きな機材も組まれている。この球場には何度か来たことがあったけど、こんなに観客が入っているのは初めてだった。これじゃ明日馬が緊張するのも仕方がない。

チラリと横を向くと、明日馬はやはり顔が強張《こわば》り、手足が一緒に動いている。

全く仕方ないな。

桃李は、明日馬の尻を思いっきり蹴飛ばした。明日馬は足がもつれ、その場で倒れる。

「てめぇ、何してんだよ！」

明日馬がギロリと睨み、そんな情けない姿を見て、桃李は、けけけといたずらっ子のような顔をする。

始球式をする野球少年たちがグラウンド入り口で揉《も》め始め、周りの大人がどうしていいのか分からず、オドオドし始めた。だが、当の本人たちはそれで気合いが入り、グローブに「よし、やるぞ！」と気合いのパンチを入れる。

始球式はあっという間だった。係員に促され、明日馬はマウンドに立ち、桃李はキャッチャースボックスにやってきた。

たった一球だけの勝負。

もちろん勝負と思ってるのは、明日馬と桃李だけ。始球式なのだから試合でも何でもない。だが負けず嫌いの二人は、それがただの始球式でも、海洲千尋に打たせるつもりはなかったのである。ましてや翔兄にカッコいいところを見せると誓ったのだ、絶対に負けられない。

桃李がキャッチャーミットを構えると、大きな声援が観客席から上がった。

何だよ、俺が構えただけで、そんな声援くれるのか？

でも、それは桃李の勘違いだった。

その声援は打席に立った、海洲千尋へ向けてだった。

桃李と明日馬の着ているユニフォームは、クリーム色をベースにグリーンの縁取りがされていて、帽子はグリーンだ。胸には『福島北』の刺繍が施され、ソックスはオレンジ色。ザ・少年野球のユニフォーム。もちろんこれはこれでカッコいいけれど、桜堂高校のユニフォームは格別にカッコよかった。クリーム色をベースに紫色の縁取りがされていて、帽子やソックスは紫色。袖には『福島』の紫色の刺繍とピンク色の桜のワッペンがついている。そしてなんといっても胸に刻まれている『桜堂』の刺繍。漢字二文字。紫色に黄金の縁取りがされている。

「では、始球式を始めます」

そんなアナウンスで、明日馬は構え、球を投げた。今までにない速さでストレートがミットのど真ん中に命中する。

そして海洲千尋は、その球を見送った。

やった。明日馬、やったぞ。海洲千尋からストライクを奪った！

だが、その時だった。

「もう一球いいですか？」

海洲千尋が係員に声を掛ける。

「いや、ですが」

係員の声を遮るように、海洲千尋は明日馬に「もう一球！」と声を掛ける。

明日馬は、小さく頷くと、桃李が投げ返した球を掴み、もう一球投げる。だが今回はミットの音はしなかった。

カキーンという気持ちよい音が響き、グラウンド真上のスカイブルーに、白い球が吸い込まれていったのだ。

大きな弧を描くホームランに場内は静まり返っていた。始球式は普通空振りするように決まっているからだ。

そんな中、時間が押しているからか、係員だけは冷静に明日馬と桃李をグラウンド外へと促す。

「まじ凄かったな」

「あぁ」

先ほどまでの負けず嫌いの精神はどこにいったのか、悔しいとかそういう気持ちはなくなっていた。あまりにも綺麗なホームランに、明日馬も桃李も見惚《みと》れていたからだった。

グラウンドの入り口付近へやってくると、神光学院と桜堂高校、両校の選手が今か今かと並んで開始時間を待っていた。そしてその集団から離れて海洲千尋が立っていた。紫色の帽子を深くかぶり直した海洲千尋は、小学生が自分を見つめているのに気付いたのか、フッと笑顔を見せる。

「打っちまって、悪かったな」

そんな声に、明日馬は首をブンブンと思いっきり振る。保護者としてついてきていた翔兄が、桃李や明日馬よりも緊張気味に、

「桜堂高校を応援してますので！」と海洲千尋に挨拶した。

周りにいた神光学院の選手と関係者が、ジロリと睨んだのに翔兄は気付かなかった。

海洲千尋は、小学生ではなく、その保護者代わりの小柄な中学生が挨拶したのが面白かったのか、

「そっか、それなら桜堂に入って甲子園目指そうぜ。お前らも」

翔兄に声を掛けると桃李と明日馬にも声を掛けた。

「は、はい！　絶対に！」

彼は、また帽子を深くかぶり直すと、仲間たちの元へと合流した。

たった数秒だったのに、この一瞬の出来事は、翔兄だけではなく桃李や明日馬の胸にも刻まれ、消えそうにもなかった。

「何だ、やっぱりさっきの始球式、お前だったのか」

桜堂高校の応援席に行くと、真っ黒に日焼けし、紫色のTシャツを着た梁川晃が応援団に紛れていた。晃は桃李の自宅の裏に住む九個年上の幼馴染だ。そういえば、すっかり忘れていたけれど、晃は去年まで桜堂高校に通っていて、しかも野球部だった。ずっと坊主頭だったのに、卒業してから急に色気づいて髪を伸ばし始めたから、今は違和感しかない。ちなみに晃の代は甲子園行きを逃している。その後、晃は実家の桃農家を継ぐつもりでいるのか、卒業後も進学せずにフリーターになっていると晃のおばちゃんが嘆いていた。

「あれ？　ってか、そこにいるの翔じゃん。ん？　何、桃李と翔って知り合い？　あ！　もしかして才能ある小学生が少年野球に入ったって言ってたけど、桃李のこと？」

翔兄は、暇さえあれば桜堂高校の野球部を見に行っていたようで、晃と顔見知りになったそうなのだが、そんなところで自分の話をされていたのかと思うと、どこかくすぐったい気持ちになった。

「晃、聞いてくれよ、さっき海洲千尋に桜堂高校に入って甲子園目指せって言われたんだ！」

桃李が興奮気味に話すと、晃は、

「あいつ、そんなこと言うんだ」と感心した顔をしていた。

席取りをしてくれた奈子と合流すると、グラウンドでは練習も終わり、いよいよ桜堂高校と神光学院の決勝戦が始まる。

「桜堂高校は初めから勝ちに行くと思う。だから海洲千尋選手を頭から投入するだろうね」

海洲千尋は、今までずっと怪我に悩まされた。そのために、登板はまちまちだったけど、それは全て、決勝まで戦い抜くための作戦なのだろうと翔兄は分析していた。

「それって、温存していたってことだよね？」

奈子はやけに翔兄に色んな質問をし、そのたびに翔兄は的確に答える。今日だけじゃない。最近、奈子は常に翔兄のそばにいて、こういった質問ばかりしていた。その姿は何かを盗もうとしている姿勢にも見えるし、桃李たち少年野球クラブの練習試合でもそうだった。その姿は何かを盗もうとしている姿勢にも見えるし、メモを取っているのを見ると、勉強をしているようにも見える。奈子に聞いても、「今は秘密」と教えてくれなかったので、「あっそ!」と桃李は聞くのを止めてしまった。

「そう、でもそれが吉と出るか凶と出るか危ないところではあったんだ。ただ、今年のチームは投手陣の層が厚いからね、それが良かったのかもしれない、やはり一人で勝ち抜くのは難しいんだな。甲子園を目指すなら、投手陣を厚くしないと。そしてそれだけでも無理だ、守備も上手くないといけないし。やっぱり野球は難しい。そして面白いよ」

その後、試合は進んで行ったのだが、両校ともに試合に夢中で静まり返り、吹奏楽部すら手が止まっていて、そんな場内に響くのは主審の声だけだった。

試合が動いたのは六回表だった。桜堂高校のセカンドのミスにより右中間を抜け二死満塁を迎えた。だがそんな場面で魅せたのは、やはりエースだった。

「155! 桜堂高校海洲千尋選手、ストレートで155キロを出しました! 福島大会では最速記録です!」

場内にアナウンサーの興奮した声が響いた。

海洲千尋が危機的状況を切り抜けた。しかも最速記録というおまけとは思えない記録更新を加えて。

「まじか、何でこの場面であんなの出せるんだよ」

静まり返った観客席から声が聞こえる。

高校生でも140キロを超える投手はいるが、150キロを超える者は中々いない。海洲千尋は百七十八センチの細身。その身体からどうやったらその投球を繰り広げられるのだろう。

だが、思いがけない記録更新のおかげというべきか、せいというべきか、神光学院の選手たちに火がついた。負けていられない。ここで負けたら先輩方に顔向けできない。今まで通り、甲子園に行くのは自分たちなのだと、王座を譲る気などさらさらなかった。

七回表、やられたらやり返す。それが王者・神光学院の哲学なのか打線が爆発した。

それに海洲千尋が投げ続け、疲れているのも影響していたのかもしれない。

二死二塁。あとアウト一つという場面で、神光学院の四番打者が左中間を破る長打を放った。二塁にいた選手は、三塁コーチャーの回し続ける合図を見て、三塁ベースを蹴り、そしてホームベースへ向かった。

その間、桜堂高校のレフトとセンターが球を追いかけ、センターが拾うとホームベースへと投げた。強肩の送球は、バウンドせずに捕手へとそのまま届く。だが一歩遅く、神光学院に一点が入ってしまった。

「これはまずい展開だよな」

桃李は翔兄に声を掛けたが、翔兄は聞こえていないようで、ずっとグラウンドを見て、祈るように手を組んでいた。

頼む勝ってくれ。お願いだ。

翔兄の心の声が伝わってくる。

その後、七回裏、桜堂高校の攻撃は動きがないまま終わった。八回表も裏も動かずに終わった。

1対0。

最終回。九回表、神光学院の攻撃。

一点にとどまるか、それとも追加するか。そこは王者・神光学院。選手たちは攻めに攻めた攻撃を仕掛ける。だが、桜堂高校も負けてはいない。海洲千尋の投球が打たれても、他の選手たちが守り、点は与えなかった。

そして九回裏だった。桜堂高校の攻撃。負けじと攻めに攻めた攻撃だったのだが、二死一塁になった。

桜堂高校の誰もが諦め、神光学院の勝利を確信したその時だった。

カキーン。

どこにその力が残っていたのか、その試合、投げ続けている投手の海洲千尋が打った。

あまりにも思い掛けない卓越した何かを見ると、人は言葉を失ってしまう。

海洲千尋が放った一撃を、観客たちは固唾《かたず》をのんで見守り、場内は異様な沈黙に包まれた。

打球は伸びに伸びている。そして一塁走者が三塁ベースを蹴り、海洲千尋が一塁ベースを蹴ったその時だった。海洲千尋が右腕をスカイブルーの空に掲げた。ガッツポーズではない。海洲千尋は人差し指を太陽に掲げている。そこまで飛んでいけ、そう言うように。

そしてそれが合図だった。伸びた打球はそのまま観客席の向こうへと落ちていき、静まり返った場内からどよめきが起きた。

野球に愛された男の本領が発揮された瞬間だった。

「歴史的瞬間だった」

翔兄は興奮が冷めやらないようで、何度も何度も同じ言葉を繰り返した。いつもだったら呆れるはずの明日馬も、今日ばかりは納得しているのだろう、

「本当に凄かった。その試合で始球式が出来たなんて」と感激している。

ただ桃李は、今の試合があまりにも凄すぎて、いや、海洲千尋が凄すぎて声が出なかった。

「桃李、どうしたんだよ」

静まり返る桃李に明日馬が声を掛ける。

「……俺たち、あんなふうになれるかな」

海洲千尋は本当に凄かった。一人で十人分の力を発揮し、久し振りに桜堂高校を甲子園へと導いた。あの様子だったら、今年の桜堂高校は甲子園でもいいところまで行くかもしれない。優勝するかもしれない。

だが、あそこまでの試合をしないと甲子園には行けないのだ。自分はそんなところまで行けるのだろうか。そんな不安もよぎった。

「もちろんなれるさ、桃李と明日馬なら絶対になれる」

そう言ってくれたのは、やはり翔兄だった。翔兄が言うのなら絶対だ。俺には海洲千尋選手のような才能が溢《あふ》れている。そして明日馬や翔兄がいてくれたら、全ては叶《かな》うに決まっている。

「僕は来年桜堂高校に入って二年連続で甲子園に行ってみせる、そして全国制覇するんだ」

翔兄は選手としてではなく、アナリストとして野球部に入部することを決めたと言う。

アナリストとは分析者のことをいい、強豪校にはマネージャーだけではなく、こういった分析を専門に行う部員もいるのだと翔兄が説明してくれた。

「俺たちも、桜堂に入る。海洲選手が言ってくれたしな」

「うん。桜堂に入ろう」

この時、桃李も明日馬も、そして翔兄も、明日は必ず訪れて、夢は必ず叶えられると信じていた。


翔兄が入院したと聞いたのは、始球式から数日経った頃だった。桃李の自宅から自転車で十五分ほどの場所にある総合病院だった。

「なんだ、大丈夫そうじゃん」

そんなふうに桃李は声を掛けたけど、ベッドにいる翔兄の顔色がいつも以上に青白いことに気付いていた。ただそう言わないと、今にでも翔兄が消えてしまうような気がして、大袈裟に言ってみせた。

白すぎる腕に刺さる点滴が痛々しい。細かった腕は、今まで以上に細くなっていて、小学生の桃李よりも明らかに華奢《きゃしゃ》になっていた。

「これでも、検査したり色々大変だったんだぞ」

そう答えたのは、ベッドの脇に座る明日馬だった。

「大変なのはお前じゃないだろ」

「そらそうだけど、こっちだって色々あんの」

「色々ってなんだよ」

「色々は色々だよ」

翔兄は、

「二人とも分かったから」と呆れるように笑った。

「ね、頼んだもの買ってきてくれた？」

桃李は「もちろん」と、鞄から月刊の高校野球雑誌を取り出す。病院のコンビニでは売っていないからと翔兄に頼まれていたものだ。

「これこれ」

白くて折れてしまいそうなぐらい細い腕を目一杯伸ばしながら、雑誌を受け取り、すぐに捲《めく》る。そして、巻頭にある投手特集の海洲千尋を見つけると、白かった翔兄の肌がピンク色に変わっていった。

「やっぱり全国でも注目されてるんだな」

明日馬も雑誌を覗き込んでいる。

「当たり前だよ、海洲千尋選手の投球は、その辺の選手のとは一味違うんだから。今年はベスト8。いや、優勝するんじゃないかな」

「そんなに？」翔兄の声に、桃李が聞き返す。

「僕の予想だと、今年、優勝旗が初めて白河の関を越えると思うんだよね。それほど今の海洲選手は強いよ」

翔兄の腕は細いけれど、海洲千尋の話をする時はどこか大きくて力強く見えた。

「なぁ、白河の関って何？」明日馬が、翔兄に聞いた。

「福島県の白河市には、平安時代頃に出来た国境の関所があったんだ。人や物資の往来を取り締まるために作られたものなんだけど、それを白河の関って言うんだよ。白河の関を越えていないというのは、要するに、白河より北、今の東北六県で甲子園の優勝旗を誰も持ち帰っていないって意味なんだ」

桃李も明日馬も、へぇそんな意味があるんだ、と雑誌に目を移す。特集ページに載っている海洲千尋は、やけに凜々《りり》しい顔をして球を投げていた。

「絶対、桜堂高校が白河の関を越えて、優勝旗を持ち帰って来るよ」

「俺もそう思う」

桃李と明日馬の声に、翔兄は笑顔を作り、

「応援しような」と二人の頭をぐりぐりと撫《な》でた。

「当たり前だろ」

白河の関を越える、その瞬間を俺たちは目に焼き付ける。翔兄と約束を交わすと、桃李も明日馬も、野球の練習のために病室を後にした。

＊

その日は雨が降っていて、夏なのにやけに寒かった。曇天の空は薄気味悪い色で、世紀末ってこんな感じなんだろうなと思わせた。

夏休みの登校日。教室に、突然、学年主任がやってきて、担任の先生を廊下まで呼び出した。担任はすぐ教室に戻って来ると、「寿上君、荷物持ってちょっと。あとは自習で」と他の生徒にも声を掛けた。

明日馬は、急いで荷物を持つと廊下に出ようとする。

「明日馬！」

桃李は、訳が分からず立ち上がって声を掛ける。

「夜、連絡する」

そう言うと明日馬は廊下に出て、先生と一緒に歩いていった。

なんだろう、嫌な予感がする。それは明日馬の思いつめた顔を見て、確信めいたものに変わっていた。

それきり、先生も明日馬も帰って来ず、帰りのホームルームが終わっても戻って来なかった。

　桃李は急いで自宅に帰り、明日馬の家へ行った。明日馬の家は、母方の祖父母の家で小学校からも近い場所にあった。だが、何度チャイムを押しても応答はなかった。

　桃李が家の前で待っていると、暗くなった頃に一台の車がやって来て、明日馬が降りた。学校を出て行ったままの服装だった。

「明日馬！」

　明日馬は、桃李の声にビクッとして振り返ると、悔しそうな、今にも泣き出しそうな顔をしていて、

「翔兄が……兄ちゃんが死んじゃった」と押し殺した声で言った。


　いつだったかテレビで偉そうに座っているコメンテーターが、人の生きる意味は、葬式にどれくらいの人が参列してくれるかによって決まるんじゃないかと言っていた。だとしたら、入退院を繰り返していた翔兄の人生はどうなるのだろうか。中学も休みがちだった翔兄の葬式は、同級生たちの姿もまばらで寂しいものだった。こんなものが翔兄の人生だというのだろうか。

「桃李」

名前を呼ばれ、顔を上げると喪服を着た晃が立っていた。やけに黒い肌が野球を思い起こさせた。

「お前、大丈夫か？　顔色悪いぞ」

「あぁ……うん」

自分が大丈夫なのかどうかなんか分からなかった。ただ葬式というものに出るのが初めてで、それがあの翔兄のだという事実は桃李を暗くて重たい場所へと導こうとしていた。

親しい人を亡くすというのは、こういうことを言うのか。

どこか冷静で、そのくせ一人になると虚《むな》しさが襲ってきた。それはディスレクシアであると聞いた時と似たような喪失感で、あの時は翔兄が助けてくれたのに、今はその翔兄がいないのだと実感すると、また虚しさが襲ってきた。だけどそれでも翔兄と約束した朝の日課は続けていた。ただ、グローブを持つと、また虚しさが襲い、野球をするのを拒絶した。

元々、翔兄が誘ってくれたものだった。翔兄を失った今、それを続けるのが正しいのか分からなかった。

「明日馬は？」

晃の声に、桃李は近くにいた奈子と共に明日馬を探した。奈子も身近な人を亡くしたのが初めてなのか、いつもと違って静かだった。

明日馬は、斎場の外で火葬場の煙を見ていた。

虚しい喪失感とは裏腹に、真っ青で綺麗な空に、白い煙が次々に流れては消えていく。

翔兄がいなくなっても、空は青く、太陽は高く昇る。

翔兄がいなくなっても、喉は渇き、腹が減る。

翔兄がいなくなっても、日々はいつものように過ぎていき、そしていつかはそれが当たり前になっていく。

そうやって残された人々は生き続けるしかないのだろうか。

「明日馬」

晃が声を掛けると、明日馬は振り向いたのだが、その顔は桃李の喪失感とはまるで違う様子で、とてつもなく怒っているように見えた。

だが晃は、それが胸に出来た大きな穴のせいなのだと気付いたようで、突然、

「お前ら、行くぞ」そう言って桃李たちを連れ出した。

桃李も明日馬も奈子も、誰もどこに行くのかなんて聞かなかった。あの場所から逃げ出せればどこでも良かった。あのままあそこにいれば、胸に出来た穴は今以上に大きくなり、手遅れになっていただろう。

晃の運転する車は福島西インターから東北自動車道に乗り、郡山市方面へ向かう。だが郡山を過ぎても、南へ南へと車は走り続けた。

いつの間にか空はピンク色になり、そして真っ暗な世界になっていた。

時折やってくる都会のネオンは、ここに生きる人々の魂のように光り輝いて、生き続ける漲《みなぎ》った力強さを感じさせる。だがそれも一瞬で過ぎ去り、光の少ない田舎街がやってくると心の闇が訪れた。

桃李は助手席で外を見ながら翔兄のことを思い出していた。

翔兄がいなかったら自分は今も暗闇の中にいただろう。野球をすることもなく、クラスでもお荷物になっていたに違いない。

そんなことになっている自分を想像するとぞっとし、落胆する。

翔兄がいてくれて良かった。あの日、図書館で翔兄が声を掛けてくれて良かった。俺に気付いてくれて良かった。俺を見つけてくれて良かった。翔兄が翔兄で良かった。

でも、その翔兄はもういない。しかももう二度と会えないところにいる。

突如涙が溢れ出て何度も拭う。だけど拭っても拭っても涙が溢れ出て、何度も拭ったせいか、着ていた紺色の制服の袖に染みが出来た。

どれくらい車は走り続けたのだろう。山の合間だったり、田んぼの合間だったり、ビルの合間だったりを走り続け、やってきたのは神奈川県の海老名《えびな》サービスエリアだった。

駐車すると、晃は車を出て伸びをする。後ろに座っていた明日馬と奈子はいつの間にか眠りについていて、桃李もそっと車外へと出た。

「うん、そう、俺が連れ出した」

横を見ると、晃がスマホで話していた。数時間前から何度も着信があったのだが、晃がずっと無視をしていたのだ。

「大丈夫だよ、明日の夜には戻るから、皆にそう言っといて。だから大丈夫だってば」

そう言うと晃はスマホを切り、桃李と目が合った。

「母ちゃんから。お前らを連れ出したのかってさ」

「そっか……怒ってた？」

「まぁ、でもそんなの、どうにかなるだろ」

「うん……ねぇ晃、俺たちどこに向かってんの？」

桃李はようやく目的地を聞いた。東北である福島とは似ても似つかない都会の風景に、さすがに不安になってきたのだ。

「甲子園」

「へ？」

「俺たちは甲子園に行くんだ」

晃は、もうこんなのはうんざりだと言いたげに喪服の上着を脱ぎ、黒いネクタイを乱暴に取ると、白いワイシャツの袖をまくり上げた。

海老名サービスエリアで数時間休憩をとると、晃が車を出発させる。都会の派手な灯《あか》りを何度も走り抜け、暗闇が支配する田舎街を走り抜けると、目的地へとやってきた。

球場近くの駐車場で休憩をしていると、いつの間にか眠ってしまい、目を覚ますと開会式は過ぎていた。

桃李は皆を起こし、蔦《つた》の絡まる球場に入るとアルプススタンドめがけ、階段を上っていく。上っていく途中から、いや球場に入る前から、その声は外に漏れていた。

選手紹介のアナウンス。

夏だからと意気揚々と騒いでいた蟬を蹴散らすほどの声援。

太鼓やトランペットのカラフルな音たち。

大きく揺れる足元の地響き。

団扇《うちわ》を仰ぐ観客たちは、今か今かと試合開始を待ちわびている。

スカイブルーの真下にある観客席は熱気と興奮で最高潮だった。

桃李は晃の後を追い、アルプススタンドの紫軍団がひしめく応援席へ向かう。

今の季節、兵庫県西宮《にしのみや》市にある阪神甲子園球場では、全国高等学校野球選手権大会が行われている。全国四十七都道府県の代表校（北海道と東京は二校）合計四十九校で競い合う。戦前より行われており、大会は百回を超えている。

桃李たちが応援席へやってくると、防球ネット向こうのグラウンドでは、既に桜堂高校が守備についていた。

「間に合ったな」

空いている席に座り、スコアボードを見上げる。

全国高等学校野球選手権大会の開幕試合は、福島県代表・桜堂高校 対 愛媛県代表・今治境《いまばりさかい》高校だった。

「あれ?」

席に座った途端、晃が声を出し、明日馬もスコアボードを見上げた。

「何だよ、何か変なこと書いてあんのか?」

文字が歪む桃李は明日馬に尋ねる。

「先発投手が海洲選手じゃないんだ」

「え? 何だよ、いつもの温存ってやつ?」

「いや、俺が監督だったら、甲子園の初戦で温存はしないぞ。桜堂高校は久しぶりの甲子園の舞台だから、初戦からぶっ飛ばしていかないと」

晃は答えると、立ち上がって階段を下りていき、後輩である紫軍団の一人に声を掛ける。

「海洲選手、どうしたんだろうね」

奈子は心配そうに観客席沿いにあるブルペンを見るが、そこにも海洲千尋の姿は無かった。

晃はすぐに席に戻って来たが、首を横に振る。

「ダメだ、誰もなんで先発が千尋じゃないのか知らないらしい」

試合は主審のコールで始まった。

先発が海洲選手ではないことで、観客席もざわついている。

「何で出さねぇんだよ」

「せっかく海洲見に来たのによ」

「そうだそうだ」

関西の手荒い歓迎の声が聞こえ始めた。だが、その声も虚しく、試合はどんどん進んでいく。

桜堂高校の先発は二年生投手だった。福島大会の試合でそれなりに場数を踏んでいても、甲子園という大舞台は、グラウンドを沼地の泥のように足をすくい、実力を発揮できていないのが桃李から見ても分かった。

二年生投手は、甲子園に棲むという魔物に捕まっていたのだ。

だがそれでも試合は進んでいき、早々に動いた。二回表。無死満塁。今治境高校の打順四番目にホームランを許した。

近くにいるおじさんが、試合を見ながらラジオを聞いていて、アナウンサーが「出ました！　今大会初ホームランです！」と解説者と話していた。

紫軍団の応援席は意気消沈し、対する赤軍団の応援席は吹奏楽部が鳴らす楽器や声援の、はちきれんばかりの音で溢れている。

桜堂高校は波に乗れず、自分たちの攻撃がやってきても、三者連続三球三振で終わり、すぐに守備にまわった。

観客席からはため息が漏れ、やはりそこで噂《うわさ》されるのは、「海洲千尋はどこにいった」だった。

怪我でもしたのか、腹でも壊したのか。実家で何かあったのか。色んな噂が回った。

「海洲千尋選手はどうしたのでしょうか」ラジオからも聞こえてきた。

二回表のホームランにより、流れの全ては今治境高校に持っていかれ、五回表には10対0という大差がついていた。甲子園で行う全国大会ではコールドゲームが適用されないため、試合はこのまま続行された。

桜堂高校の二年生投手は体力が持たず六回で交代になった。

誰もが、いよいよ海洲千尋が出てくるのかと期待し、いやでも今更遅いだろうと諦めのため息を吐いた。

そして出てきたのは、今大会初登板の一年生投手だった。地方大会でも登板情報はなく、その瞬間、誰もがやはり海洲千尋に何かがあったのだと悟り、桜堂高校の敗退を予期した。

結局、今治境高校の一方的な試合になり、15対0で桜堂高校が敗れた。海洲千尋というエース不在のまま、桜堂高校は初戦敗退となった。

あっという間だった。何の驚きも、何の反撃もなく、手も足も出ないままに桜堂高校の試合は、あっさりと終わってしまった。

試合終了の短いサイレンが鳴り、観客席の人の波が動き出した。

アルプススタンドでは、紫軍団が涙を流し、互いを慰め合うように抱き合っている。

福島大会の決勝戦で、あんなにも強かった桜堂高校がこんな一瞬で負けてしまうなんて。

桃李はこの時初めて勝敗の残酷さ、厳しさを目の当たりにしていた。

紫軍団を見ていると、今治境高校の応援席から、勝利を祝うトランペットの単独音が聞こえた。今治境の選手たちが、応援席に挨拶をし、感謝を込めて頭を下げていた。

翔兄が夢見た世界は、こんな一瞬で儚《はかな》くも消えてしまうものなのか。

そんなの、絶対に嫌だ。

翔兄の夢は、こんなものじゃない。

翔兄の夢を、ここでは終わらせない。

桃李は、立ち上がり正面を睨むように見つめた。

「明日馬、俺たち絶対に桜堂高校に入ろうな」

明日馬も、奈子も、そして晃も、桃李を見る。

見上げたスカイブルーの空の中に桃李はポツンと一人だけ立っていた。純粋で、清く、美しいまなざしが、真っ直ぐにただ一点を見つめていた。

桃李が見つめる先のグラウンドでは、整備係が土や芝を綺麗にならして、次の戦いの準備をしている。

「俺、こんなんじゃ納得いかない。翔兄が夢見た桜堂高校は、もっと強くて、もっとカッコよくて、もっと勝ち続けないといけないんだ、な、そうだろ！」

隣に座っていた明日馬は、一瞬迷うように俯《うつむ》く。だがすぐに前を向き、桃李と同じように立ち上がった。

「俺も桜堂高校に入って甲子園目指す。甲子園で勝ち続ける。翔兄の夢を叶える」

明日馬に続き、奈子も立つ。そして晃も立ち上がった。

グラウンドのダイヤモンドに再び陽炎が現れ、整備係たちは大きな魔物の巣を作り上げた。

翔兄の夢は、必ず俺たちの手で叶えてみせる。甲子園に棲む魔物に会いに来て、絶対に戦い抜いてみせる。

桃李は、スカイブルーの真下で力強く誓った。

数日後。明日馬が転校することになった。元々翔兄の静養のために来ていたので、いつかはこうなるだろうと思っていた、と明日馬は桃李に説明した。

「でも、高校生になったら戻って来るからな」

「うん、俺もそれまで色々準備しとくさ」

「あぁ頼む」

「そっちもな」

うだるような真夏日。明日馬は約束をすると、桃李の前から消えた。

でもそれもこれも数年間のこと。それまでの我慢だ。桜堂高校に入り、明日馬と共に翔兄の夢を叶える。

それまで一人で頑張る。

桃李は、あの日のアルプススタンドの誓いを胸に、寝る間も惜しんで練習に練習を重ねた。

3　幻のバッテリー

仙台から戻る車の中は、静まり返っていた。時折、奈子が桃李を心配そうに後部席から覗き込んできたが、桃李は顔を背けた。

青葉大附属と神光学院の練習試合は、5対3で青葉大附属が勝利した。明日馬は七回から登板し、そのまま九回まで投げ、夏の覇者相手に無失点で抑えた。

桃李は、それらを無言のまま見つめていた。明日馬のピッチングを見て、声が出なかったとも言えるし、自分を無視した明日馬に怒ってもいた。

頭の中は、どうして、なぜ、何か理由があるのか、何で何も言わないんだ、そんな言葉で埋め尽くされている。

あの夏、アルプススタンドでの誓いを、翔兄の夢を、二人で叶えると約束したはずなのに。

車で移動する一時間弱の道のりを、桃李は無言で過ごした。

「じゃあ、明日から野球部の練習始まるからな」

晃は桃李と奈子を自宅前まで送ったが、桃李は返事をせずに車を降り、奈子だけが晃に手を振った。

晃は何かを言いたそうにしていたが、結局は何も言わずに車を走らせた。

「ねぇ桃李、明日の朝早く学校に行く？　自転車、学校に置いてきちゃったし」

後ろをついてくる奈子が心配そうに聞くと、玄関前で桃李は立ち止まった。

「ん？　そうする？」

しかし桃李は、そんな奈子を無視し、踵《きびす》を返し、歩きはじめた。

「ちょっと桃李！」

歩いていたはずの足は徐々に速くなり、いつの間にか息を切らすほどの速さになっていた。

飯坂街道を出て右に折れ、すぐに信号機を渡ると、飯坂電車の駅がある。

「ええ、まさか乗るの？」

「お前は来なくていい」

桃李を追いかけ、息も絶え絶えの奈子は、いやいや何するか分かんないし、と呆れ顔で見つめている。

桃李は、ちょうどやってきた飯坂電車に乗り込むと、ドアに寄りかかる。そして同じように乗り込んだ奈子に、

「来るなって言ったのに」

と言うと、ムッツリとした顔を窓の外に向けた。

「桃李、そっちじゃない、こっちだって」

「何でだよ、いつもこっちから乗るだろ」

「今日は違うみたいだよ、掲示板に出てるよ」

福島駅までやってくると、東北本線に乗り換えるつもりで駅構内を歩いていたのだけど、どうやらいつも使用しているホームは閉鎖されているらしかった。掲示板に案内が書いてあるらしいが、文字が読めず、結局は奈子の案内で正しいホームへとやってきた。

「あと五分で来るみたい」

集中すれば読めるはずの電光掲示板の文字も、イラついている今は歪んでいてはっきりと見えない。こんな時でさえ、自分は一人で行動出来ないのかと、もどかしさが襲う。

時間通りにやってきた郡山行きの普通列車に乗り、二十分乗っていると二本松《にほんまつ》駅に着いた。二本松市は福島市の隣にあるのだが、県庁所在地である福島市に比べると人口は俄然《がぜん》少なくなる。駅前の坂の上には二本松城があり、菊人形が有名である。

小さな駅舎を出ると、いつの間にか夜になっているのに気付いた。電車の中では興奮していたせいか、考えることがありすぎたからか、まるで気付かなかった。

辺りは商店街の街灯しか点《つ》いておらず、それもちらほらで暗かったのだけど、坂を上り、二本松城の近くまで来ると、照明が煌々《こうこう》と灯《とも》ったやけに明るい場所を見つけた。それは神光学院のグラウンドだった。

「ねぇ桃李、本当に行く気？」

駅を降りてから、奈子は何度も同じことを聞き、桃李も同じく繰り返した。

「当たり前だろ」

「まだ帰ってないかもよ」

「それなら待つし」

ずかずかと他校に乗り込む桃李に、これは何を言っても無駄だなと奈子は諦めた顔をした。

二本松市にある神光学院は私立高校である。偏差値は桜堂高校とそう変わらない。野球部員の殆《ほとん》どが学校の敷地内にある寮に住んでいて、だからこそ県外からの入学が可能であり、野球部の他に、ラグビー部やサッカー部、剣道部やバドミントン部が、県内でも強豪と言われている学校だ。

あまりの設備の良さに目を奪われていると、賑やかな声が背中から聞こえてきて、「何だ、あいつら」の声に桃李と奈子は振り返った。

「女子だ、可愛い女子がいる」

「あれって福島の桜堂の制服だ」

「桜堂が何の用だよ」

坊主頭にスパイクを履き、白地に黒の縦線が入ってる上下のユニフォームを着た集団がいた。胸には『ＫＡＭＩＫＯＵ』の刺繡。高校野球のカッコいいユニフォームランキングで毎回一位をとっているものだ。汚れ具合を見ると、さっき青葉大附属と戦った新三年と新二年なのかもしれない。

無遠慮に注目してくる集団の最後に、一人で歩く明日馬を見つけた。

「明日馬！」

桃李は走り出すと、集団をすり抜け、明日馬の胸倉を摑んだ。

周りにいる神光の上級生たちは、桃李の乱暴な行為に、何ごとだよと目を丸くしている。

「約束したじゃねぇか！　なのに、それなのに！」

明日馬の胸倉を摑む手に力が入る。

突然訳の分からないことを叫びながら後輩の胸倉を摑む桃李を見て、神光の選手たちが、

「おい、お前何してんだよ！」

桃李の腕を引きはがそうとした。

だが明日馬が、

「大丈夫です」と手で制したことで乱闘にはならずに済んだ。

桃李を追いかけ、慌ててやってきた奈子が、

「桃李、止めなって」と腕を摑み、ようやく桃李は手を離した。

煌々と灯っていた照明が消え、真っ暗になったグラウンドの隅にある外灯の下で、桃李は明日馬を睨んで立っていた。

夜はまだ寒く、吐く息は白かった。足元を冷たい風が通り、身震いするほどなのに、桃李だけは熱さを持っていた。

「神光に入ったんだね」

二人を心配そうに見守っていた奈子が明日馬に声を掛ける。

「そっちは桜堂に入ったんだ」

「制服可愛くてそうしたんだけど、どう？　似合う？」

「うん、よく似合ってる。赤のチェックがいい感じだね」

「でしょ〜。桜堂の制服いいよね」

桃李は、二人の会話をつまらなそうに見つめながら聞いていた。

そうだった、明日馬は昔から何かと奈子を褒めるのだ。他の奴らみたいに最近の高校デビューからじゃない。猿だった頃からずっとだ。

「でも、それが理由で桜堂にした訳じゃないよね」

「え？」

桃李がイライラしていると、奈子がチラッと見てきて目が合った。だが桃李は、奈子がなぜ振り向いたのか考えようともせず、何こっち見てんだよ、と睨み返す。

「奈子の制服なんかどうでもいいだろ」

桃李は、ムッツリと不機嫌な声を出した。

「今は、何でお前が神光に入学したのか、俺が聞いてんだよ」

「相変わらずの性格みたいだな」

明日馬は、やれやれとため息を漏らした。

「はぁ？　それはそっちだろ！　何だよお前、グラウンドで無視しやがって」

「大事な試合前に余計な感情入れたくなかったからな」

「余計って何だよ、俺が余計なことだって言うのかよ」

「あぁそうだよ」

桃李は、また一歩、明日馬に近付こうとする。でもそれを「止めなって」と奈子が制した。

「明日馬、今日凄かったよ。青葉大附属相手に無失点だもん」

「ありがとう。でも、先発じゃなきゃ意味ないよ」

「そんなことないでしょ。夏の覇者だよ？　去年の夏、初めて白河の関を越えたって、こっちではお祭り騒ぎだったんだから」

「もちろん、俺も見てたよ」

二人の会話を聞いていた桃李のイライラが限界に達し、

「おいお前ら！　さっきから、そんなどうでもいい話してんじゃねぇよ！」と叫んだ。

「俺は、何でお前が神光学院にいるのか聞いてんだよ！　約束しただろ、桜堂高校に入って甲子園目指すんだって！　翔兄の夢を二人で叶えようって、あの夏約束したじゃねぇか、なのに！」

桃李の遠吠《とおぼ》えのような叫びは、静かな田舎のグラウンドに響き渡った。

何なんだよ一体。何でお前がここにいるんだよ。何で神光のユニフォームを着てるんだ。俺たちは、あの桜堂のユニフォームを着るはずだっただろ？　なぁそう約束したよな？

どれくらいだろう。誰も話さなくなり、グラウンドの向こうの森から葉のざわめきが聞こえてくると、ようやく、

「お前、あんな約束、まだ覚えてたのかよ」

明日馬の静かな淡々とした声が聞こえてきた。

その冷静な声が、拒絶されているようで、バカにされたようで、また桃李を熱くさせ

た。

「何言ってんだよ、当たり前だろ、忘れるわけねぇよ、忘れられねぇよ！　お前は忘れたのかよ、翔兄のこと忘れちまったのかよ！」

桃李は、信じられないという顔を明日馬に向ける。でも明日馬の目は、あの頃よりもずっと大人びていて、桃李の知らない者の目だった。

「今の桜堂に入ったって、福島大会の決勝にすら進めない。そんなところに入部しても無駄だろ」

その明日馬の言葉は、桃李を奈落の底へ落とした。

あの約束、翔兄の夢、俺たち二人の夢。

あの日、アルプススタンドで誓った夢だった。

その夢のために、今まで生きてきたと言っても過言ではない。野球だけじゃない。勉強だって、桜堂に入るために吐き気がするほど努力を重ねた。

俺にとっては、それほど大切な夢だった。

それなのに。

明日馬は、自分の話は済んだと言いたげに、

「じゃあ」と奈子に挨拶し、グラウンドに背を向けた。

ざっざっざっとスパイクの音をたて、遠ざかる明日馬の背中。

お前とは無理だ。

そう言われている気がして、悔しくて、寂しくて、無性に腹が立った。

「だったら、何で福島の高校に入学したんだよ！　そのまま東京にいればよかったじゃねぇか！　わざわざ何しに来たんだよ！」

だが桃李の声に、明日馬は振り返りもせず、そのままグラウンドを後にした。


確かに、明日馬の言う通り、桜堂高校の最近の成績は最低なものだった。あの海洲千尋の代に甲子園に行って以来、いい成績を残せていない。

栄光と衰退の桜堂高校。

凋落《ちょうらく》した桜堂高校。

いつの間にか、そんな不名誉な称号が定着していた。

結局、翔兄が話していた白河の関を越えたのは、桜堂高校ではなかった。桃李は、青葉大附属が優勝旗を持ち帰る姿をただただテレビで見ているだけだった。

でも、だからこそ俺たち二人が必要だったんじゃねぇか。

なぁ、そうだろ？　それなのに、なんで神光に入学した。桜堂でないなら、どうして別の県の高校にしなかった。東京だって、その近場だってお前を必要と連絡してきた奴は沢山いたんだろ？　それを断って、なぜわざわざ福島に舞い戻ってきた。

「知ってたんだな。明日馬が神光に入学したの」

翌朝、桃李はいつもの朝トレを終えると、裏にある梁川家にやってきて、晃を叩き起こし詰め寄った。

寝ぼけ眼の晃は、「あぁ、うん」と大欠伸をしながら部屋を出て、キッチンで水を飲む。桃李は、そんな晃に纏わりついた。

「何で言ってくれなかったんだ、もっと早く言ってくれたら、俺が説得したのに！」

「まぁ、うん」

どいつもこいつも、適当なことしやがって。

そんなことで甲子園に行けるわけないだろ。

翔兄の夢見た場所に行けるわけないだろ。

「俺、捕手を止めて、投手に絞るからな！　いいな！」

寝ぼけていた晃は、ようやく目を見開いた。

「何だよ、捕手一本にするって言ってただろ」

「うるさい！　明日馬が来ないなら、捕手をやる意味ないだろ！」

「うるさいって、担任に向かって、しかも監督なんだけどな……」

「いいか、あいつを打ちのめして、俺が、いや桜堂が甲子園に行くんだからな！　これは絶対だからな！」

桃李は、宣言すると、どかどかと音をたてて晃の家を飛び出した。

昨日まで寒かった空が今日は暖かく感じて、ようやく春が来たのかと吾妻山を見たけれど、春の合図である雪うさぎはまだ見えず、どうやらそれは自分の熱気のせいなのだと気付き、桃李は胸の熱さを放散するように走り始めた。

4　元エース登場

二階の職員室から校庭を眺めると野球部が目に入る。スパイクを履き、真っ白な練習着を着て校庭を走っている。その中には桃李の姿もあった。

あれほど投手に絞れと言っても拒否していたのに。桃李はいつまで経っても言うことを聞かない。それなのに翔や明日馬が絡むとやけに素直になる。あいつを見てると、監督としての自信、いや教師としての自信というものが削《そ》がれていくのを感じる。

投手一本に絞る宣言をしてから、桃李は本当に投球練習しかしなくなった。

相変わらず正確で鋭いピッチングに嫉妬さえ覚える。まぁ結局は投手をやってくれた理由はなんでもいいのだが。

天才とは一%の直感と九十九%の汗をかくことである。そう言ったのは、確かトーマス・エジソンだったと思う。形振《なりふ》り構わず努力を続ける桃李はまさしく天才と言える。

晃は、明日馬が神光学院に入学するのを知っていた。それも随分前から。何度か東京へ行き、明日馬をスカウトしていたからだった。だが、学費免除、そして寮生活が出来るところに行くつもりだと断られていた。

桜堂高校は県立高校のため、優遇するものは何もない。グラウンドだって穴ぼこだらけでボロボロだし、設備も整っていない。そんなところに来るのは、家から近い者か、ただの物好きしかいない。

「でも、桃李と約束したんじゃないのか？」

そう言った時の明日馬の顔を桃李に見せてやりたい。あれは約束を反故《ほご》にした者の顔ではない。悔しくて、でも自分ではどうしようもなくて、どうしていいか分からず、今にも泣きそうな顔をしていた。あの明日馬が、桃李以上に頑固で負けず嫌いで我慢強いあの少年が、桃李の名を出すと目を潤ませていた。

「何か理由があるなら桃李に言った方が」

でも明日馬は、首を思いっきり振り、

「言えるわけない。言えない」そう頑なに拒否した。

だからこそ晃も深く追求せず、明日馬のスカウトを早々に諦め、桃李にも言えずにいた。

だけど明日馬がいない今、野球部をどうすべきかもう一度考える時がきた。

晃の思い描いていた設計図はこうだった。

明日馬が投手で入部する。

桃李は絶対に捕手で明日馬とバッテリーを組むと言うが、それをどうにか説得し、明日馬と桃李のダブルエースを作り上げる。

野球はチームプレイだ。だが投手の存在が勝利の比重を占めている。だからこそ投手層の厚さを考え、晃は明日馬のスカウトに向かった。

でもまさか、その明日馬が神光学院に行くとは思いもしなかった。東京の高校だけではない。隣県の神奈川の高校からもスカウトされていたからだ。高校野球界では神奈川を制する者は全国を制すと言われている。それほどに強いチームが揃っている。どこも寮生活で学費免除。もちろん成績優秀者だからこその待遇なのだが、それら全ての学校を蹴って、まさか福島県の神光学院に来るとは思わなかった。

やはり、人生というものは思い通りにはいかないものだ。

あの日、アルプススタンドで夢を見たのは、桃李だけではない。晃も、あの会場へ行き、あの場所に立ったことで、自分の未来を決めた一人だった。


自分が指導した野球部を甲子園へ連れて行きたい。


それは本当に大きな夢であり、人生の夢と言っても過言ではなかった。だが、それもこれも、桃李がいれば何とかなると思った。

あの手足の長い恵まれた体軀。しなやかな肩の動き、関節の柔らかさ。身体だけではない。負けず嫌いの性格。変に素直なところ。その全ては、あの甲子園のグラウンドに立つべき資質だと、晃は信じて疑わなかった。

だからこそ晃はフリーターをやめて大学へ進学し、ディスレクシアで悩む桃李のために、教員免許の他に特別支援学校の教諭免許も取得した。桃李の通う小学校や中学校に挨拶に行き、ディスレクシアの伝達もし、桃李の悩みを解消した。受験勉強だってつきっ切りで教えた。それもこれも甲子園へ行くためだった。

それなのに、桜堂高校に赴任してから甲子園を目指し野球部を指導してきても、このまま自分一人では無理なのではないかと感じ始めていた。そしてその矢先に明日馬の件だ。

やはり、あいつの力が必要だ。

今まで、何度も断られてきた。でも今年は違う。

今年の桜堂高校には桃李がいる。


その農園は福島市の外れにあった。通称フルーツラインと呼ばれる場所にあり、道路の両脇全てがリンゴか桃の木で埋め尽くされていた。

雪が解けた四月。今の時期は施肥作業をしているから畑にいるはずだ。

「よぉ！」

晃は、リンゴ畑で肥料を撒《ま》いている男に声を掛ける。髭《ひげ》を蓄え無造作に髪の毛を後ろで結び、浅黒い筋肉質の男は半袖短パンに長靴を履いていた。現役を退いてもう五年以上経っているのに筋肉が残っているのは、畑仕事のせいか、それとも自主的に何かをやっているのか。

「なんだ、また来たのか？」

「全くつれない挨拶だねぇ。というか俺、一応お前の先輩ね」

「で、先輩が後輩に何の用ですか？」

一応わずかにでも先輩と思っていてくれたようで急に敬語になった。こういうところがこいつと桃李の似ているところだ。変なところで素直で純粋で、それでいて常人では理解できないところで頑固なのである。

「いつもの返事、考え直してくれたかなって思ってよ、なぁ千尋」

海洲千尋。晃の一年後輩の男。そして桜堂高校が甲子園に出場した時のエースで四番の男だ。

「何度誘われようが、俺は監督はやらない、そう言ったでしょ」

だが、今回ばかりは晃も引き下がらない。

「この動画を見てくれないか？　それで決めてくれたらいいさ」

晃は、千尋に桃李の投球の映像を見せ、その後、先日の明日馬の登板の映像も見せた。

「こいつら覚えてないか？」

千尋は、何言ってるんだと目を細め、晃を見つめる。

「福島大会の決勝、お前がホームランを打ったあの試合で始球式をしたバッテリーだよ。捕手の方は投手に転向したけどな」

千尋はもう一度動画を見る。

初めの少年は、まだフォームが定まっていないが、鋼のような身体に柔らかい関節。もう一人の少年は、同じような身体つきだが、性格が真面目なのだろう投球にぶれがない、やけに優等生な投球だ。

「お前、こいつらを誘ったよな。桜堂高校に入って甲子園目指せって。お前はその発言の責任があるんじゃないのか？」

これが晃の最後の切り札だった。これで落ちなければ、もう手は残っていない。

千尋がいなければ、あの日、アルプススタンドで思い描いた未来を手に入れることは出来ないだろう。

第二章

戻って来たエース

中学二年の春頃。かかりつけ医である大学病院の先生に、東京にある大学の教授を紹介された。その先生は学習障害を研究しており、桃李の症状も調べさせてもらえないかと言うのだ。実験台のような形で協力するのは何だか悔しい気持ちになるし、虚しくもなるから断ろうと思った。だけど、この障害と今後も付き合っていくなら、詳しく調べてもらった方がいいのかもしれない。それに何より、その検査の場所が東京都内で、もしかしたら明日馬とバッタリと出くわすかもしれない。そんな淡い期待があり、協力することにした。

隔週の日曜日、桃李は母と共に都内の大学の研究室へ行くことになった。期間は半年間。たった六カ月のことだったけど、田舎とは違う都会のアプローチの仕方は、桃李に驚きと感動を与えてくれた。それに自分以外の学習障害を持つ人と会うのは初めてのことで、それは自分を客観視させてくれた。

教授は医療研究センターで医師としても働いていると自己紹介してくれた。

「スポーツが得意なんですね、なるほど」

先生は常にメモをしながら桃李の話を聞く。

「ディスレクシアでスポーツが得意なのは珍しいんですか？」

桃李は先生に質問した。

「いえ、それは一概には言えません。私が受け持つ子たちの中には絵が上手な子もいますし、ピアノが上手な子もいます。もちろんスポーツが得意な子もいて、テニスだったり、それこそ野球であったり。円谷君は早期発見したのが良かったのかもしれないですね。自分の得意なものを見つけられたのは本当に良かったですよ」

桃李は読み書きの視覚認知に障害があるけれど、同じ症状でも他の障害と合併している者も多くいると言う。適切な対応がとられず、学習が大きく遅れて意欲や自信を失い、不登校や引きこもりなどの二次障害を引き起こす者もいる。

俺はたまたまスポーツが出来るけど、他にも何かしらを得意としている人はいて、自分の得意なものに気付かない人たちもいる。全ては翔兄のおかげだ。あの日あの時、翔兄が声を掛け、見つけてくれたから今の自分はいるのだと大袈裟でも何でもなく、ずっとそう思っていた。

「授業の方はいかがですか？」

「まぁ、なんとかついていけるレベルぐらいで」

先生の質問に苦笑する。

ハッキリ言って勉強についていくのは必死だ。都会の中学校は知らないけれど、桃李の通う公立の中学校は学習障害の支援に疎く、支援と名乗るのにも程遠い。ていけない者に手厚い支援はなく、自分たちでどうにかしていかないといけない。母さ授業についんや晃が学校に通達してくれたことで、ボイスレコーダーで音声を録音することは許され、タブレットを使用することも許されている。ミニパソコンを使い、耳で聞いた授業内容を打ち込んでいる。それでも分からないところがあれば晃に教えてもらっていた。そこまでしてようやく皆と同レベルに達することが出来る。

「なるほど……円谷君は、将来は、どうするのか考えているのかな」

「え?」思いがけないことを言われ、言葉に詰まる。

「おっしゃるとおり、今の日本では学習障害の支援はあまり進んでいません。もちろんそのために私はこうやって動いているのですが、それもまだまだ時間はかかりますからね……もし円谷君がその気なら、海外の高校に留学することも視野に入れてみたらどうかなって思ったんです。海外、特にアメリカは学習障害の支援が日本よりもはるかに進んでいて、通常学級と支援学級の行き来が自由に選択できるんです。自分が苦手な科目は特別支援学級に行き、得意なものは通常に受けることが出来る。ですから留学するのも一つの手だと思いますよ。もちろんそのために私も協力は致します。向こうの学校はスポーツも盛んですし」

先生はそう助言してくれた。

一通り話し終えると、研究センターから母さんと二人で近くの駅まで歩いた。母さんは身長が百七十センチもあり、桃李は既に抜かしてはいたけれど、周りにいる同級生よりも母さんの方が背は高かった。父さんも背が高く百八十五センチはある。だから俺ももっと大きくなるだろう。

母さんはずっと黙っていた。先生と話している時もずっとだ。顔はどこか暗く、桃李は何を言っていいのか分からなくなった。

ディスレクシアは遺伝がひとつの要因と言われているけれど、まだはっきりとは解明できておらず、遺伝が全てとは言えなかった。

それなのに、母さんは自分を責めているようだった。

以前、夜中に眠れず、素振りをしようと玄関に向かった時、リビングで泣いている母さんを見た。一人で泣いていて、近くに父さんはいなかった。

確かに桃李自身、母さんを恨んだことがあった。母さんだけじゃない、父さんも一緒にだ。

どうして自分ばかりこんな目に遭わないといけないのか。どうして皆と同じではないのか。どうして皆と同じに産んでくれなかったのか。そうやって二人を恨んだ。でもそれも、野球をやっていれば全て忘れられた。

相手からストライクを取り、ホームランを打てば、ディスレクシアであることを忘れられた。勉強は苦手でも、野球のことなら分かる。バッターボックスに立った選手の呼吸音を聞き、打つ瞬間を感じることが出来る。

　ディスレクシアになったのは、もしかしたら二人の遺伝なのかもしれないけれど、背が高く筋肉質の身体、スポーツが得意で野球を上手くこなせるのも二人の遺伝だ。今はもう、それが自分なのだと言える。そして何より、俺が楽しくしていれば、母さんも幸せそうだった。

「ねぇ母さん、俺、海外には行かないよ」

　横に並んでいた母さんが桃李の方を振り返った。

「そうなの？　いいお話だと思うけど、もう少しよく考えたら？　お父さんには私から伝えるから」

「うん。いい話なのかもしれないけど、俺は野球をやりたい。桜堂高校で野球がやりたいんだ。得意なことを活かして、それを続けたい。父さんや母さんだって得意なんだから、その息子がスポーツをやらないでどうするんだよ、これは二人の遺伝なんだから」

「そう？」

「うん！」

　母さんはそれきり何も話さなくなった。時折鼻をすする音が聞こえたけれど、桃李は横に顔を向けずに空を見上げた。

ビルの合間から見える空はどこまでも高くて、なんだ東京の空も向こうとあんまり変わらないんだな。誰だよ、田舎と都会の空は違うって言ったのは。なんてことを心の中でぼやいた。

ただどこにいても、スカイブルーの雲ひとつない空を見ると、必ずあの甲子園の空を思い出した。

アルプススタンドの声援。

観客たちが起こした地響き。

魔物を作る整備係たちの美しい仕事。

球場に鳴るけたたましいサイレン音。

大きく揺れる足元の地響き。

そして明日馬も、スカイブルーの空を見て同じことを思ってるかな、そんなことを考えた。

東京は思っているよりも広く、多くの人がいるからか、明日馬にバッタリ会うことなんかまず無理だろう。桃李は初めて東京に来た日に悟った。

そうなのだ、俺たちはやはりあそこで、桜堂高校で再会する運命なんだ。

「早く帰って野球やりたいな」

「そうね、帰りましょう」

桃李はスカイブルーの空に向かって腕を伸ばし、何かを摑むように強く握る。空に戦いを挑むような力強い拳は、誰が見ても清く純粋に光り輝いていた。

1　アナリストの誤算

新三年生　四名。
新二年生　四名。
新一年生　四名。
選手合計　十二名。

マネージャー　一名。
監督　一名。

桜堂高校野球部　合計　十四名。

これが現在の桜堂高校の人数である。
マネージャーである奈子は、名簿を見ながら眉間に皺を寄せたのだけど、こんな顔を見せたら、また桃李に猿の襲来と言われかねないので、眉間に人差し指を置き、皺を伸ばしながら唸《うな》った。猿は好きだ。でもそれを桃李に言われると気になって仕方がない。

いや、それ以上にこの人数の少なさが気になって仕方がない。

明日馬と再会して以来、桃李は投手一本に絞り、練習を重ねている。投手は桃李以外にも学年にそれぞれ一名揃っている。だから現在は三名。だが、どちらの選手も桃李には及ばない。スピード、テクニック。残酷な話であるが、その全てにおいて桃李が勝っている。しかも桃李はそれだけではない。打者としての才能もあり、足も速い。先日バッティング練習で網越えを連発し、二年生と三年生をあ然とさせた。そしてその練習後、二年生投手から転向願いが出された。桃李の投手としての才能をまざまざと見せられ、自分は他に転向した方が良さそうだと感じたのだと言う。三年生投手の木内《きうち》さえも同じことを言いそうだったので、それだけは阻止した。たとえ、能力の差があったとしても、まだ一年生である桃李一人で試合を守り切るのは無理がある。それでなくても人数がギリギリなのである。もはや誰か一人でも怪我をしたら試合が出来るかも怪しいレベルだ。もちろん野球は九人でやるスポーツなので足りてはいる。だが、人数が少なければ不向きのポジションを守らなければいけなくなり、それは試合を左右させるに違いないだろう。

パシッと音が聞こえ、名簿から顔を上げると、校庭の隅で桃李がピッチング練習をしていた。

「ナイスピッチング！」

捕手である三年生の宍戸《ししど》が桃李に声を掛ける。桃李は、「うっす」と言って、感謝の気持ちなのだろう、帽子を下げた。

桜堂高校に捕手は一名しかいない。要するに三名、いや今は二名の投手で、一名の捕手を取り合っている状態だ。

「あれは、どうなんだ」

桃李の動きを観察していると、呑気に声を掛けてきたのは晃だった。物心ついた時からそばにいた幼馴染のお兄ちゃんが担任になり監督になるのは、どこかくすぐったくもある。

「やっぱり気付いた……気付きました？」

先日の桃李と晃のやり取りを思い出し、奈子は言い直す。これからは他の部員の手前、敬語で話さないといけない。

「そりゃあまぁ、これでも一応監督だしな」

今、桜堂高校で一番深刻なのは、人数以上にバッテリーの組み合わせである。

捕手は投手が投げた球を捕り、投げ返すだけと思われているかもしれない。もちろんそれが主な仕事で、ただ投球を捕るだけなら誰でも出来る。だが、私はそれだけではないと思っている。相性というよりも理解。それが、捕手が投手の女房役と言われる所以《ゆえん》だろうと気付いたのは、明日馬と桃李のバッテリーを見ていたからかもしれない。もちろん桃李は入学してまだ数日しか経っていない。それで三年生である宍戸に理解しろというのは無理がある。だがそれを抜きにしても、桃李はとてつもなくやりにくそうだ。宍戸は球を捕るには捕っているけれど、速すぎるのか何度かミットから球を落としている。それを見た桃李は落とさないようにと遠慮し、スピードを緩ませる。あれでは試合には勝てないだろう。ましてや神光学院の打者からストライクを取るのは無理だ。

「あいつらはどうしたんだ？　桃李の中学時代の仲間。何人か、うちに入学したんだろ？」

「え？　あぁ……はい」

「野球部には入らないのか？」

「今、説得してはいるんですが……」

奈子の歯切れの悪さに晃は勘づいた。

「何かがあるってわけだ」

「いや、まぁ……だけど任せて下さい」

新一年生のうち桃李以外の三名は、奈子と晃が市内からスカウトしてきた選手で、同じ中学の同級生ではない。

奈子は中学時代、野球部に所属しながらも晃と共に市内中の学校を見て回っていた。

福島県は広く、会津《あいづ》地方や浜通《はまどお》りの方へスカウトしに行ってもよかったのだが、そうなると選手は寮生活になり、県立高校の桜堂高校では無理な話だった。だから市内に絞り、野球ではなくバスケットボールやサッカーなどの他の球技の部活に入っている選手も見て回った。

奈子は、小学生の頃から桜堂高校に入り、マネージャー兼アナリストになるつもりだった。運動オンチである奈子はどう頑張ってもスポーツでは上を目指せない。それを知った翔兄がこういうのもあるよ、と教えてくれたのがアナリストだった。

アナリストは、主に対戦相手やチームの選手の動きをデータ化し、打者がどんな球種を打ち、どの場所に打つことが多いのかなどを分析する。その結果に基づき、投手と捕手は投球を決め、守備の陣形も決める。

所謂、戦いに行く時の指揮官の横にいる参謀であり軍師である。

運動オンチの私でも、それなら出来る。むしろ理数系は得意だ。

あの日、甲子園のアルプススタンドで、奈子は絶対に桜堂高校に入ってアナリストになると決めた。翔兄の夢を叶える。桃李と共に、と。

翌日の昼休み、隣のクラスにいる同中の野球部であった香取優《かとりゆう》と吉池学《よしいけまなぶ》に声を掛ける。この二人は中学三年間だけではない。小学生の頃、学校は違うが少年野球クラブで桃李と共に野球をやってきたメンバーでもある。

「何だ、奈子か、どうした？」

別のクラスの女子がズカズカと教室に入り込んできたことで注目されるとは予想していたけれど、それが学年代表の女子だったことで、より一層注目を浴びた。

あれ、代表だった子じゃん。可愛いよな。なんて声も聞こえた。

だけど、今はそんなことを気にしていられない。というか、外野に言われても嬉しくもなんともない。

「単刀直入に言うけど、野球部に入って欲しいの」

香取と吉池は、またその話かという顔をして机に目を伏せる。この話し合いは散々してきたことだった。

香取と吉池が桜堂高校に入学すると知り、奈子は、そのまま野球部に入るのだとばかり思っていた。だけど入学式の翌日、部活動の初日に、二人は野球部に顔を出さず、どの部にも入らなかった。だから休み時間のたびに二人の前にやってきては、野球部に入るように説得していた。

「もう何回も言ってるけどさ、俺らバイトするから」

「そうそう、社会経験って大切だと思うんだよね」

「だよなぁ、だから忙しくて無理なんだよなぁ」

「まぁ、一番の目的は……」

「彼女作りたいってだけなんだけど！」

香取も吉池も品のない顔をし、ぎゃははと笑っている。

通常、男子は奈子に対して紳士的に話す。決して品のない顔はしないし、女子目当てでバイトをしようとしているなんてことも言わない。だけど二人は奈子が髪の短い猿だった頃を知っているからか、こんな話も平気でする。

全く、高校生になった途端これだ。急に色気づくのだから、どうしようもない。

「とにかく、考えておいてよね。野球部はいつでも部員募集してるから」

この二人にこれ以上話しても無駄だろう。あいつだ。あいつをまず落とさないと、この二人は、うんとは言わない。

奈子は続いて四組の教室へとやってくる。入り口から覗くと、窓際の一番後ろの席で、突っ伏して寝ている赤名光《あかなひかる》を見つけた。

赤名の『あ』で席順は一番前のはずなのに、桃李と同じくらい背が高く、ガタイがいいからか教師に移動させられたのだろう、赤名は一番後ろの席に陣取っていた。

「赤名」

四組も先ほどと変わらずに、生徒代表だった奈子が、ずかずかと入って来たことに注目し、コソコソと噂をしている。

眠っている赤名は、起こされたのが気に入らなかったのか、

「何だ、お前か」と香取と吉池と同じことを言って、鬱陶しそうな顔をする。

「野球部に入って欲しいんだけど」

何の前置きもなく言うと、赤名は鋭く睨んできた。奈子は先ほどの二人と同じように赤名にも何度も声を掛けていた。でもそのたびに、

「バイトしてるから」そう断られてきた。

ただ赤名は先ほどの二人とは違う。何だかんだ言ってバイトをしていない二人とは違い、本当にバイトをしている。それも彼女を作りたいとかそんな理由ではないらしく、ただただ硬派で仕事に励んでいるらしい。

赤名は無口で何を考えているかわからない。だけどその中に闘志が漲っているのが垣間《かいま》見え、それが影響し周りから恐れられていた。小学生時代は体格の良さもあり喧嘩が絶えなかったと聞いた。それが中学生になり野球部に入ったことで変わったのだとも聞いていた。

赤名は中学時代に桃李の女房役、捕手としてバッテリーを組んでいた男だ。それなのに野球部に入らない理由は一つしかない。

「桃李とは話したの？」

野球部ではないし高校生なのだから、本来なら髪を伸ばしてもいいはずなのだけど面倒なのか、赤名は中学時代そのままの坊主頭をしていて、こめかみがピクリと動いたの

に気付いた。ついでに青筋も立っている。

「何であいつと話さないといけないんだ」

「それは、話してないって意味ね」

赤名は、フンと鼻息を飛ばしたかと思うと無表情だった顔を微妙に崩して、

「……話してない。高校に入ってから一度も」とポツリと言った。

「え？　一度も？」

奈子が驚くと、

「なんだよ、文句あるのか」今度は面倒臭そうな顔をした。

「そっか、そうなんだ」

全く桃李は何をしているのだ。この重要案件を見逃すなんて。今のところ甲子園を目指すことで一番重要なのは、この赤名ではないか。

「あのさ」

「俺は入らない。そう決めたんだ」

奈子の言葉を遮ると、赤名はもう何人《なにびと》の邪魔も許さないと言いたげに、再び机に突っ伏しピクリとも動かなくなった。

「だから、そういうのって自分でやりたいと思わないと無理だろ」

四組から二組に戻ると教室に桃李の姿がなかった。校舎中散々探し回って見つけたのは部室の前だった。早々に弁当を食べ終えた桃李は、一人でピッチングの練習をしていた。

今まで、桃李の練習には全て赤名が付き合っていた。そして赤名がやると香取も吉池も交ざるという構造関係が出来上がっていた。

要するに桃李が頂点にいるはずなのに、それに気付かず呑気なもので本人たちの気持ち次第だろなんてことを言う。

「だから、桃李がちょっと声を掛ければいいんだってば」

「だから、自分たちでやりたいって思わないと駄目だろって、何度も言ってるだろ」

「だから、それを桃李が言えばいいんだって何度言わせればいいのよ」

「だから、ってあぁもう何回やったか分からなくなったじゃねぇか」

桃李はバケツを持って、ピッチングネットの周りにある球を拾い始める。奈子も、全くもう！　と言いながらそれを手伝う。捕手がいればこんなことしなくていいのに。赤名がいれば、投球で遠慮なんかしなくていいのに。赤名がいれば、甲子園を目指せるのに。

「赤名は赤名でやりたいことがあるんだろ。それなのに俺のやりたいことに巻き込むのは筋違いだろって言ってんだ」

球を拾いながら桃李はそんなことを言った。何だか突き放すような言い方が、自分に言われているようで、虚しさとやるせない気持ちで胸が疼《うず》いた。

何で分からないのだろう。鈍感な人はどこに行っても鈍感だ。特に自分のやりたいことに夢中な人は鈍感であることが多い。桃李が最たる例だ。

桃李の言葉が欲しいのは赤名だけではない。奈子だって同じだ。

確かに桜堂高校の制服は可愛い。赤色のチェックのスカートは市内の中では一番に可愛いと言われている制服だ。でもそれだけで桜堂高校を選んだ訳じゃない。明日馬はすぐに気付いたのに、桃李は気付きもしない。

髪の毛を伸ばしたのだって、桃李が馬の尻尾が綺麗だと言ったからだ。いや私の髪の毛は馬の尻尾ではない。そんなこと分かってる。でも桃李が何かを綺麗だと言うのを初めて聞いて、馬の尻尾に嫉妬して悔しくて髪の毛を伸ばしたのだ。

だけど、だからといって桃李が私の髪の毛を見て綺麗だ、なんて言うわけもなく、結局は猿が進化した、と言われただけだった。

アナリストになるきっかけも桃李だった。いつも私は桃李の後を追いかけている。なのに桃李はこっちを見てもくれない。真っ直ぐに前を向き、常に先頭を走り続けている。だから私には赤名の気持ちがよく分かる。ただ桃李に、お前が必要だ、それだけを言って欲しいのだ。何でそれが分からないのだろう。

赤名はバイトなんてどうだっていいはずだ。放課後、赤名が野球部を見て、足を止めているのを何度も見かけた。桃李と宍戸のバッテリーを何度も見ていたはずだ。違うそうじゃない。それでは桃李が思いっきり投げられない。そんなもどかしい苛立《いらだ》ちに襲われているはずだ。でも赤名は決して野球部に入ろうとはしなかった。

待っているのだ。桃李の言葉を。自分を必要だと言ってくれるのを。

真っ直ぐに前を見て走り続けている桃李が、チラッと横を見て自分に声を掛けてくれるのを、ずっとずっと待っているのだ。


その日も桃李は宍戸と組みピッチング練習をしていた。だけどやはりどこかやりにくそうで、投球のスピードが定まらない。球がミットからこぼれる率が高くなった。先日は理解が足りないからだと思っていたのだが、今の宍戸は桃李の投球に一瞬恐怖を感じ、球を捕る時に躊躇っている。宍戸本人が一番分かっていると思い、一度声を掛けたが、はっきりとは答えてくれなかった。

「なんていうか、こう……」そう言うと口をつぐんだ。

晃の話だと宍戸は今まで何人もの投手の球を受けてきたという。頭もよく、度胸も根性もある。だから新主将に抜擢《ばってき》された。だが桃李の球を捕る時は躊躇いが出る。

キャッチャースボックスに座り、投手の魂のこもった投球を待つ者しか分からない何かがあるのだろう。

「赤名君を説得すれば、他の二人も入ると思うんですが」

その日の練習終わり、奈子は晃と話していた。この危機的状況を早々に打破しなければ桜堂高校は前に進めない。練習試合も出来なければ、公式戦も難しいだろう。そこまで追い込まれている状況だった。選手たちは誰もまだはっきりとは気付いていない。何かがおかしいと思っているけれど、それは新年度になって新しい体制になっているからだと思っている。だがそれは違う。小さな掛け違いは、数カ月後には大きな問題に変わっている。その頃には後戻りできないところにいるだろう。その前にどうにかしなければ。バッテリーは、チームにとってそれほど重大なものだ。

「赤名なぁ。あいつは桃李にしか扱えないもんなぁ。まぁ桃李も似たようなもんだけど、あいつは桃李とはちょっと違うんだよなぁ」

晃はどうしたものかと頭をポリポリとかく。

確かに桃李も面倒臭い頑固な部類に入るのだけど、それなのに純粋で真面目で単純だ。そこが人を惹《ひ》きつける魅力になっているのだけど、赤名に関しては威圧的な何かを感じる。どこかひねくれている部分があり、距離を測り間違えるとそっぽを向かれる。そして今は完全にその状態に陥っている。

「まぁでも他の二人は……う〜んそうだな。奈子お前さ、明日神光学院にその三人を連れて行ってみろよ」

「え？　神光学院？　どうして……どうしてですか？」

「明日練習試合あるんだってよ。分析ついでに三人に試合見せてこいよ、こっちの練習は俺がやっておくから」

晃はのっそりと言った。

いつも思うのだが、晃はこういう情報をどこから得ているのだろう。青葉大附属と神光学院の試合もそうだったのだが、どこかにスパイでも潜らせているのだろうか。それほど情報網が凄い。見習いたいのだけど、晃はのんびりしているようで、どこか飄々《ひょうひょう》としていて昔から摑みどころがないのだ。

翌日、晃に言われたように神光学院の練習試合を見に行った。土曜日だから遊びに行こうと思ってたのに、とブツクサ文句を言う香取と吉池。でも、赤名が行くと聞くなり、仕方ねぇなと豹変《ひょうへん》する。一体、赤名に何を握られているというのだ。男子同士の関係はよく分からない。

赤名は練習試合を見に行こうと誘うと一瞬躊躇いを見せるも、何を思ったのか「行く」と短く返事をした。

二本松駅で降り、城を目指すように坂を上っていく。先日桃李と来た時は夜だったので遠くまで見えなかったけど、今日は町の端まで見渡せた。というか見渡せるぐらいしか町は発展していないようだった。福島市よりも小さな町なのだ。でもこの小さな町から毎年甲子園へ出場しているのだと考えると、田舎は何かに打ち込むのに適しているのではないかと思った。今まで雪の深い地域は冬に練習が出来ないために不利だとも言われていた。だが去年、青葉大附属が白河の関を越えたことで、その噂をはねのけたのである。東北にも甲子園の優勝旗を持って帰れる、と。


「やっぱり私立って凄いよな」

「私立に行けば良かったな」

香取と吉池は神光学院のグラウンドに来てからそんなことを何度も口にする。確かに明るいところで見ると、先日よりも隅々まで見渡せた。

二本松城の真下にあるグラウンドは、緑の芝が敷き詰められ、赤茶の土も綺麗に整えられている。青葉大附属と同じような設備に、香取と吉池は興奮しっぱなしだった。

現在、そのグラウンドでは、神光学院と岩手県の西花巻《にしはなまき》高校の練習試合が行われている。

西花巻高は、岩手県の代表校として何度も甲子園に出場している有名校でもある。有名校同士の試合は、よく行われる。選手に場数を踏ませるためでもあるし、相手陣の分析をするためでもあるだろう。しかし、例えば桜堂高校が練習試合を申し込んだとしても、いい返事がくるとは思えなかった。現在の桜堂高校はそんな位置にいる。

　突然、キャァと黄色い声が聞こえ、振り返ると観客席の端っこで女子たちが騒いでいるのが目に入る。どうやらブルペンで投手が練習をしているようだ。もしかしたら明日馬だろうか。ここからは見えないのだが、明日馬は小学生の頃から女子人気が高いからだ。その頃に一度、「すごい人気だね」と言ったことがある。でも本人は「大勢に人気があっても仕方ないよ、一人の子に人気がなきゃね」なんてことを言っていた。明日馬はどこまでも冷静だった。

「野球部ってモテるんだなぁ」

「本当になぁ」

「羨ましいなぁ」

「本当になぁ」

「腹筋でも見せっか？」

「本当になぁ」

　香取と吉池は野球部への黄色い声援に満更でもない顔をし、今なら入部してくれるかもしれないなんて淡い期待を抱いた。晃はもしかしてこれを期待して三人を連れて行けと言ったのだろうか。もしそうだとしたら観察力が素晴らしいとしか言いようがない。

あの飄々とした顔の裏側を一瞬垣間見た気がした。

だが、一番の重要人物はどうだろうかと、奈子は顔を横に向ける。

赤名は女子たちに目もくれず真っ直ぐに試合を見ていた。一塁側の観客席に座っているのだけど、身長が高いため足元が狭くて苦しそうに何度も足を組み直している。そして投手を見て、目を細めては何か頷いている。

「赤名、どう？　神光学院は強いでしょう」

試合は七回表、神光学院が5対0で勝っている。西花巻高ももちろん強いのだが、やはり春の選抜を制した神光学院が頭ひとつ上をいっているようだ。今年も福島大会は神光学院の独壇場になりそうだ。いや待て、それにストップをかけるのが、私たち桜堂高校ではないのか。

「あれ、桃李がいつも言ってた明日馬じゃねぇのか」

奈子が心の中で決意表明をしていると、赤名が誰に言うでもなく呟き、香取も吉池もピクリと反応した。香取も吉池も小学校は違うが、少年野球クラブで明日馬と共に過ごしていたからだ。

グラウンドでは明日馬が先発投手と交代をし、投球練習をするところだった。

「本当だ、なんだよ明日馬、神光に入ったんだ」

「ってか、桜堂に入るって桃李言ってなかったか？」

そんなことを言った香取に、吉池は左腕で横っ腹を突き、二人は赤名の反応を見る。

だが赤名はマウンドの明日馬から顔を離さずにいた。

これはどう分析したらいいのだろうか。

無表情の赤名からは何も読めない。

だけど何で赤名は明日馬を知ってるのだろう。名前は桃李から聞いていただろうけど、見た目や投球フォームを見ただけで明日馬だと分かるなんて、どこかで動画でも見たのだろうか。

「そうだよ。明日馬は神光学院に入学したの」

奈子は思い切って答えた。

「それ、桃李は知ってるのか？」

赤名が奈子に聞く。

「もちろん知ってる。この間、明日馬と話したから」

「なるほどな。だから桃李は投手に絞ったんだな」

「え？　あ……うん」

「そうか」呟くと、赤名は再び無表情になり試合を眺めた。

その後も試合はどんどんと進んでいき、その間も赤名は明日馬から目を離さなかった。

明日馬は先日の青葉大附属の試合と同じように、七回から登板して九回まで投げ、無失点で抑えた。

　試合が神光学院の勝利で終わっても、赤名は立ち上がろうとしなかった。話すなら今だと思った。桃李が言わないのなら、私が言うしかないだろう。

「今、桃李に必要なのは赤名だよ」

　赤名はゆっくりと振り返り、奈子の真意を確かめるようにジッと見た。だがそれは奈子の本心だった。明日馬が桜堂に来ない今、桃李に必要なのは私ではない。晃でもない。他の誰でもない、赤名だ。赤名がいなければ桃李は前には進めない。このままでは甲子園なんか夢のまた夢だ。

「明日馬ってやつがダメだから俺なのかよ。そんなの都合よすぎだろ」

「そんなこと」

「それ以外に何があるんだ、言ってみろよ」

　奈子は、言葉に詰まり、ぐうと喉をならしてしまった。それが答えのようなものだった。

　赤名はフンっと鼻をならし立ち上がる。

と再び女子の歓声が聞こえた。女子たちは、試合の終わった神光ナインに向けてアイドルのコンサートなみにうちわを持って自分のアピールをしている。

「くだらねぇ」

赤名は女子たちに向かって呟くと、グラウンドを後にした。香取も吉池も女子たちに名残惜しそうな目を向けながらも、赤名の後をついていく。

どうやら再び距離を測り間違えたようだ。

捕手は野球の中でも異彩を放っていると思う。守備をしている仲間がホームベースに向かって立っているのに対し、一人だけマウンドに向かっている。しかも座って、いや膝をつけて、たった一人で仲間たちを眺めている。他の仲間たちと同じ気持ちのはずなのに、一対八の構図は仲間たちの並々ならない闘志を受け止める側になっていて、度量を試されている気分になる。

2 アイスとバッテリー

赤名がそれに気付いたのは、中学一年の夏休みだった。

その頃の赤名は入学時から遅刻や欠席だらけで、たまに学校に来たかと思えば喧嘩に明け暮れ、親が呼び出されるのは日常茶飯事だった。何だかつまらなかったのだ。変化のない同じような毎日を過ごすために学校へ行き、家に帰ったら食事をして眠りにつく。日記を書けと言われたら、三カ月は『昨日と同じ』と書き続けるくらい代わり映えのない毎日に飽き飽きとしていた。自分は何かを成し遂げられるはずだ。そう思っているのにその何かが分からずにいて、だからといって自分で動くわけでもなく、誰かに相談するわけでもなかった。赤名はずっとそのもどかしい熱さを持て余し、理由もなく毎日イラついていた。

遅刻や欠席が多く、夏休みに補習を受けることになった。教室で一人補習を受けていると、案の定飽きてしまい、教師が職員室に引っ込んだのをいいことに教室を抜け出した。

生徒のいない校舎は静まり返っていて、自分がこの世に一人ぼっちになった気になった。でもそれならそれで良かった。出来ない自分と他人を比べなくて済む。煩わしさを感じなくて済む。喧嘩の多い赤名だったが自分からふっかけたことはない。毎回目つきの悪い赤名を目の敵にして標的にされたのだ。身長が高く、ガタイがいいのも影響しているのかもしれない。でももしこの世で一人だったら、そんなことも無くなるだろう。

生ぬるい空気が体中を纏い、涼を求めて図書室へとやってきた。最近クーラーが設置されたと聞いたからだった。夏休みだから動いてるか分からなかったが行ってみると図書室内は涼しくて、時折エアコンの音が聞こえるだけで廊下よりも静まり返っていた。

いい場所みつけたな。そう思ったのも束《つか》の間《ま》、涼を求めてきたのは赤名だけではなかったらしく、先客がいた。

自分と変わらないぐらいの身長に坊主頭、真っ黒に日焼けした姿はどこかで見たことがあった。同じ一年の円谷桃李だった。

あまり学校に来ていない赤名でも桃李の名は知っていた。というか小学生の時から桃李は有名だった。別の小学校だったのだが赤名同様に身長が大きいのもあり目立っていたからだ。でも赤名とは違い、桃李が喧嘩しているというのは聞いたことがない。

桃李は赤名がいるのに気付いていないのか、必死に何かをノートに写している。

自分とは関係ない。赤名は桃李から離れて座り、そのまま眠りについた。そして一時間経った頃だった。ハタと気付くと、既に補習が終わっている時間になっていた。

やべぇ、教室に戻らないと。

慌てて立ち上がると、バンっと椅子を倒してしまった。

辺りを見渡すと、先ほどの位置から変わらずに桃李が座っていた。

「悪い」

そう声を掛けても桃李には届いていないのか返事はなかった。

ただ必死に何かを写していて、ノートから目を離さずに集中している。だけど、先ほど見た時からそのページは変わりないように見えた。離れているから見間違いかもしれないが、ペンの動きも遅い。

近付くと、どうやら教科書を写しているようだった。でもその動作があまりにもゆっくりで慎重さをもっているのに気付いた。

桃李は、赤名が立っているのにようやく気付いたのか、ハッと顔を上げる。赤名は、「悪い」先ほどのように謝った。でも今回は見てしまって申し訳ないという意味だった。

でも桃李はそんなものも興味なさそうで、

「あのさ、悪いんだけど、ここ何て書いてあるか読んで欲しいんだけど」

そんなことを言った。

赤名は桃李を知ってはいるが、桃李は赤名を知らないようだった。でも上履きの色で同じ学年と分かったのだろう。そんなふうに声を掛けてくる。

え？　と赤名が教科書を覗き込むと国語の簡単な文章だった。俺を馬鹿にしてるのだろうか、距離を取って身構えようとした。でも、先ほどの慎重な様子を見ていると、そんな風にも見えないし、頼んでくる顔は真剣そのものだった。赤名は言われた通り、教科書を読んだ。

「あぁ、なるほどそういうことか、ありがとう！　呼び止めて悪かったな」

桃李は再びノートにペンを走らせているのだが、やはり動作は遅く、真剣そのものだった。

何なんだ？　よく分からない桃李の行動に首を傾《かし》げていたが、それが分かったのは翌日だった。

図書室でサボっていたのがバレたせいで、補習の間ずっと教師が張り付いていた。

その日も、うだるような暑さにうんざりとしていたが、ふと窓から校庭を見ると野球の試合をやっていた。

真っ青な空に白い球が行き交い、まだ成長期途中の甲高い声が届く。

よくやるよ、このクソ暑い中。俺には絶対に無理だ。スポーツはどちらかというと得意だ。走るのも球技も得意だ。でも諦め癖がついている赤名には同じことを繰り返すスポーツは苦痛そのものだった。毎日同じ練習メニューをこなし、毎日同じ仲間と共に過ごす。自由のない環境。一歳、二歳しか変わらない先輩に頭を下げる。そんなものやりたいと思う方がおかしい。

「あぁ、やってるなぁ」

赤名が校庭を見ているのに気付いた教師が、同じように窓から校庭を覗き込んだ。

「どっちが勝ってるんだろうな」

「1対1」

赤名が答えると、

「何だ、赤名、よく見えるな」そう驚いた。

確かに目はいい。ついでに耳もいいし、声もデカい。だけど、そんなものがよくても今の自分には何の役にもたたない。

何だか自分で自分にうんざりとして、補習を再開しようと机に向かった時だった。

カキーン。

気持ちよい音が、太陽を照り返すグラウンド中に響いた。

「あぁ、打ったな」

教師が感心したような顔を空に向けた。

球は綺麗なアーチを描き、校庭向こうの河原に吸い込まれていった。

「ありゃぁ、三組の円谷だな」

教師は、目を細めながら、片腕を上げ、ガッツポーズをしてホームベースを踏んでいる選手を見ていた。

円谷桃李。昨日図書室で見かけたあいつだ。

「ディスレクシアだけど、ようやる奴だ」

聞きなれない言葉に、赤名は、

「なんすか、それ」と聞く。

「ん？」

「ディスって」

「あぁ……」教師は一旦言葉を止めると言いにくそうに、

「まぁ、別に秘密にしてないだろうしな」そう自分に言い訳するように言うと、

「ディスレクシアは、学習障害の中の読み書きが出来ないことを言うんだ。円谷はそういう障害を持ってるんだ」と答えた。

「それであそこまでやるんだから、感心だよ」

初めて聞く言葉だった。ディスレクシアというのも、学習障害というのも。俺の小学

校にはそういった障害を持つ生徒は一人もいなかった。いや、いたのかもしれないが俺は全く知らない。でもだからあいつは、時間をかけて教科書を写していたのだろう。そして俺に頼んだのだ。

それから補習は試合観戦に変わっていた。どうやら先生は野球に詳しいようで、何かあるたびに赤名に説明する。野球がこんなに見応えがあるとは思わなかった。今までプロ野球も高校野球も見たことはあっても流し見程度で、真剣に見たことはなかった。

桃李は一年生の割によく打ち、よく投げた。だが桃李の健闘虚しく試合には負けてしまった。原因は桃李の投球を捕手が何度も捕り損ない、そのたびに出塁を許していたからだった。

ただただ勿体ない。あんなにも迫力あるプレイをする桃李に、周りがついていけず、全てのチャンスを逃している。

試合が終わっても、教師に補習は終わりだ、そう声を掛けられても、赤名はその場から動けずにいた。自分のことではないのに、なぜか悔しかった。そしてもどかしかった。自分の胸の中にある訳の分からない感情を、どう処理していいのか赤名は考えあぐね、なぜか無性に腹が立っていた。

それからも赤名は、補習があるたびに校庭に目をやり、野球部の練習を眺めた。桃李の投球は余程速いようで、捕手は受け止めきれずに何度も落としている。あれではまたこの間の試合のようになってしまう。

「なぁ先生、捕手ってどんなことするの？」

本を読んでいた教師が、ん？　と顔を上げ、赤名が野球部を見ているのに気付いて、「あぁ」と窓辺にやってくると、二人で外を眺めた。

日が陰り、教室に陽《ひ》は当たらなかったが、グラウンドにはまだまだ陽が照り、蝉の容赦ない鳴き声が響いている。

「見たまんまだよ。投手が投げた球を捕る。あとはサインを送って投手と相談しながら球種を決める。あとは……なんだろうな。でも捕手は、投手の女房役って言うからな」

「女房役？」

「そう。捕手は投手の女房役。投手と捕手はバッテリーって呼ばれて、野球では二人で一組として括《くく》られるんだ。まぁ女房っていうんだから、面倒を見て、言葉を交わさなくても分かってあげて、とかなんじゃないか？」

「へぇ」

「何だ赤名、野球に興味あるのか？」

「いや……別に」

そうか？　そう呟くと、教師は教卓に戻り再び本を読み始めた。

その日も、次の日も桃李は部活の後も一人残って練習をしていた。他の一年生も、二年生も三年生も誰一人としておらず、桃李はいつも一人だった。

通り雨が過ぎ、いつもの暑さに蒸し暑さが加わった数日後の夕方。赤名は、校舎を出ると校庭のマウンドに人が立っているのを見つけた。西側にあるからか夕日が目に入り、逆光で誰かは分からなかった。だが、長い手足から繰り出される鋭い投球が、誰もいないホームベースに一直線に向かうのだけは見え、音が響いていた。

マウンドを強く踏み込む音。

ブンと球が軽快に飛ぶ音。

ザザッとネットに命中する音。

あまりの球の速さに赤名は声が出ず見惚れていた。それは本当に見惚れていたというのが正しい。一歩も動けず、額から流れる汗すらも拭えず、目の中に染みこむ。

なんだ、これは。こんなもの、人間が放てるものなのか。

それを繰り出しているのは、やはりあいつだった。

円谷桃李。

教室で見ていても速いと分かる投球は、間近で見るとまた違う迫力を見せつけ、魅了して止まない。

こんなものを同じ一年が放つなんて。しかもまだ夏だ。これは数カ月前小学生だったやつが投げたものなのだ。こんなもの中学生が捕れるものなのか。あの捕手が捕り損なうのも仕方ないと思わざるを得ない。

赤名は、今、自分が見たものは幻なのかもしれないと、ようやく目を動かし一度つむるとすぐに開けた。だが、やはりそこには、汗だくになりながら、ピッチングネットに投げ続ける桃李の姿があった。

「これ、拾えばいいのか？」

我に返った赤名は、グラウンドにやってくると桃李に声を掛ける。

「ん？」と振り返る桃李の顔は、日焼けで真っ黒になっていて、額には汗の水滴がびっしりとついていた。桃李は赤名が図書室で見かけた生徒だと気付いたようで、おぉあの時の、という顔をする。

「拾うぞ」

赤名は転がる球を拾い始めた。桃李がマウンドからやってきて、「悪いな」と声を掛けながら汗を袖で拭う。

いつの間にか夕日は山向こうに傾きかけ、グラウンド上の空はピンク色に染まっていた。先ほどまでうるさかった蟬も落ち着いてきたのか昼間のような鳴き声は聞こえなくなっている。

「この間、練習試合見てたんだ、ホームラン打ってただろ」

赤名が声を掛けると、桃李はあぁという顔をし、

「まだまだだよなぁ」なんてことを口走る。

「何言ってんだよ、凄かったよ、皆、あ然としてたじゃねぇか」

赤名は自分でも引くぐらい興奮し否定した。でも桃李は納得いかない顔をしている。

「そうか？　でも、あれじゃあ甲子園にはまだまだなんだよ、全然届かない」

「甲子園って、高校野球の甲子園か？」

「うん、そう」

「目指してるのか？」

「まぁね」

桃李は、ようやく笑顔になる。

「桜堂高校に入って甲子園に行くつもり。いやつもりじゃないな、絶対に行くんだ」

確か甲子園には毎年神光学院が行っているはずだ。数年前までは桜堂高校の名前も聞いていたけれど、最近は全く聞かない。それなのにどうして神光学院ではなく桜堂高校なのだろうか。近いからとかそんな理由なのだろうか。

いやそれよりも、同じ歳《とし》の一年生で、同じような環境にいるはずの桃李に、既に夢が

あり、それに向かって一直線に突っ走っているのが羨ましくなった。どうしてこうも自分とは違う道を歩んでいるのだろうかと妬ましくなった。

「何でそんなに一生懸命なんだよ」

球を拾いながら赤名は桃李に尋ねた。

「えぇ、なんだよ、それ」

「なんとなく」

「なんとなくなぁ」

桃李は、う〜んと唸ると、

「何かが出来ないなら、他に出来ることを探せばいい。その出来ることの努力を惜しまず生きればいいんだ」

と突然名言めいたことを言った。

「なんだそれ」

「俺の恩人が言ってたんだよ。俺が勉強についていけないって言ったら、そう言って励ましてくれたんだ。それでさ、野球の才能があるから一緒にやろうよって誘ってくれてさ」

桃李の言う勉強についていけないというのは、ディスレクシアのことだろう。少し調べたのだけど、生まれつきの障害で治すことは出来ないと書いてあった。だけど、桃李にはそうやって助言してくれる人がいたのか。恩人がいない赤名は、自分に何が出来て、何に向いているのかまるで分からない。

「よし」

球を全て拾い集め、桃李は立ち上がると再びマウンドへと向かって歩き始める。赤名は桃李を目で追いかける。

「まだやるのか？　もう暗くなるぞ」

何故なのだろう。何故こんなにもこいつのことが気になり、追いかけてしまうのだろう。自分自身に問いかけるも答えは出そうになかった。

「あと五十球な」

「そんなにかよ、他の奴らとっくに帰っただろ」

「人が休んでる時にこそ努力を怠らない！」

「何だ、それ」

「これも恩人の言葉だったりして」

「意味わかんねぇし」

そこで赤名は、初めて自分がホームベースのあるキャッチャースボックスに膝をつき、桃李のいるマウンドを見ているのに気付いた。

そこから見える景色は、想像していたよりも広くて、圧巻の見晴らしだった。一塁二塁三塁のベース。マウンドに立つ投手。内野手だけではない外野手も。それら全てを見渡せる場所。そして守備をしている仲間がホームベースに向かって立っているのに対し、一人だけマウンドに向かっている。捕手というのはそういうポジションなのだ。

赤名は試合中の情景を思い浮かべた。八人がそれぞれ自分のポジションを守る中、捕手だけは皆と向き合っている。試合を守る他の仲間たちと同じ気持ちのはずなのに、一対八の構図は並々ならない仲間の闘志を受け止める側になっていて、度量を試されている気持ちになった。その何とも言えない感情に身体が震える。

「なぁ、そこ危ないぞ！」

投球練習を再開しようとしている桃李に、赤名は、

「俺に捕れると思うか！」と声を掛けた。

桃李は、驚いた表情と共に、え？　と声を漏らす。

赤名自身、自分でも何を言ってるのだろう、ついに頭が沸騰したか、と突っ込みを入れた。でも心の奥底にあるのは、仲間の闘志を一心に集める捕手に俺はなれるだろうか。その前にこいつの、瞬き一つで消えてしまう投球を捕れるだろうか。いや捕れるに決まっている。絶対に捕ってみせる。恩人がいないのならば、全ては自分で決めるしかない。助言してくれる人がいないのならば、自分がする方になればいい。

俺は、こいつの女房役になろう。面倒を見て、助言をして、言葉を交わさなくても分

かってやろう。そんな思いだった。

夕日に照らされたグラウンドで、赤名は初めてやるべきことが出来たと、自分の熱いもどかしさを払拭する目標を見つけた。

＊

四月の雨は冬の再来を思わせる。それほどの寒気をもたらすのだが、桃李はものともせずに校庭を走っていた。小雨の中、白い息を纏い、一人走り続ける姿は、孤独というよりも、俺の背中を見てついてこいという統率力を思わせる。その証拠に、一人だったのが二人に、そして三人になり、桃李の周りには、いつの間にか野球部の塊が出来上がっていた。

「よくやるよな、野球部」

教室で雨宿りをしていた赤名は、同じように雨が止むのを待つクラスメイトと校庭を見ていた。

「俺には出来ないなぁ、あの熱血漢」

「俺も無理だわ、風邪ひいちまう」

クラスメイトは身震いするように自分の肩を掴み笑った。

お前らに出来るわけないさ。野球は、人が頑張ってるのをおちょくるようなやつに出来るほど簡単なものじゃない。他人が頑張っているのを出来る訳ないと否定するのは、頑張れる何かを持たないやつがすることだ。それはただ羨ましいと言っているのと同じこと。

赤名は無言のまま鞄を持つと教室を後にした。

玄関で靴を履き替え、校庭を眺める。野球部はランニングから個人練習に移っていて、桃李は校庭の端でピッチング練習をしていた。だが捕手のミットから何度も球が落ち、そのたびに中断していた。

あれじゃダメだ。あれじゃ。

赤名は、皮膚に爪が食い込むほど拳を握りしめる。だが、そのまま振り返らずに校庭を後にした。

桃李から明日馬の話を聞いたのは、中学生の頃、野球部に入ってすぐのことだった。

小学生の頃、少年野球でバッテリーを組んでいて、転校してしまって離ればなれになってしまった。だが高校生になったら桜堂高校で再会し、バッテリーを組もう。そして甲子園を目指そう。そう約束していると聞かされた。その時は、へぇそんな仲のやつがいるんだな、っていうか、お前捕手やるのかよ、と驚いた。桃李は元々捕手として守っていたのだが、肩の強さやコントロールの正確さ、そして何より送球の速さから投手も任されたという。野球で守備を転向するのは、それほど珍しいことではないそうだ。そういうもんなんだな、まだ野球部に入りたての赤名は、深く考えていなかった。

だけど、三年生になった頃、もっと野球を続けたい、桃李の投球を捕り続けたいと思うようになった。いや桃李の球を捕れるのは自分しかいない。そんな自負があった。だけど桃李は、相変わらず桜堂高校に行って甲子園を目指すと言う。その頃には気を遣ってか、明日馬の名を出しはしなかったが、明日馬と共に、と思っているはずだった。桃李は俺ではなく、明日馬という男を選び、捕手に転向するつもりだ。そんな二人に、俺の入り込む余地はないだろう。後からきた者にその隙間はない。

そう思っていた。思っていたのに、赤名は桜堂高校に入学した。家が近いというのもある。でも補習を受けるぐらいの成績で、桜堂高校を受験するのは無謀だと誰からも言われた。それでも桜堂高校に行きたかった。桃李に必要とされなくても、桃李の行く末を見届けたかった。

だが、明日馬というやつは、桃李との約束を破り、神光学院に行ってしまった。そして桃李は捕手を止め、投手一本に絞った。その全てを赤名は五十嵐奈子から説明された。それならば、桃李のバッテリーは俺でもいいはずだ。なのに桃李は俺にまたバッテリーを組もうとは言わない。

本当は、お前に捕手として守ってもらいたい、甲子園に行くにはお前が必要だと、他の誰でもなく桃李に言って欲しい。

本当はバイトなんかしても満たされない。

でも野球がしたいと自分からは言えない。

学校の門を抜け、果樹園に囲まれた道を、赤名は足を投げるように乱暴に歩いていく。

また日記に、三カ月『昨日と同じ』と書き続ける日々が訪れ、赤名をイラつきと焦りの極致へと導いた。


「くだらねぇ」

最近、これが口癖のようになっている気がする。本当はくだらないのは自分なのだけど、そうやって他人を責めれば、自分のくだらなさを誤魔化せる気がしていた。自分のイラつくもどかしさを、他人を傷つけることで解消するような人間にはなりたくない。そう思っていたはずなのに、今、赤名はそのど真ん中にいる。

駅ビルにあるファストフード店で働く赤名は、店内で揉めていた高校生の仲裁に入っていた。大きなリュックサックに『BASKETBALL』の刺繍が施されている高校生と、その高校生に絡む質《たち》の悪そうな奴ら。だが口が悪いのが災いして、仲裁に入ったはずの赤名が因縁をつけられ、バスケ部の高校生たちは早々に退散し、残された質の悪そうな奴らの相手を赤名がしていた。

「はぁ？　お前なんだよ、店員の分際で」

「くだらねぇからくだらねぇって言ってんだよ。お前らさ、部活して夢中になれるものがある奴らが羨ましいだけだろ、この暇人が」

全ては自分へ向けての言葉だった。自分が暇なのは他人に関係ない。だけど、自分が悪いと思いたくなくて他人を道連れにしているだけだ。

「なんだと！」

質の悪そうな奴らが交戦状態に入りかけたその時、通報で駆け付けた警察官がやってきて、そこにいた奴らは、蜘蛛《くも》の子を散らすように去り、その場は事なきを得た。ただ、赤名は店長からこっぴどく叱られ、当分来なくていいと言われた。要するにクビになったのだ。客にあんな言い方をすれば、悪くなくても悪いと言われてしまうのだろう。それは自分でも分かっていた。自分だけが悪いわけじゃないと思いつつ、もっと言い方があっただろう。そしてそんな自分は接客業には向いていないのだろうな、なんてことを叱られている間に考えていた。

何もかもが上手くいかず、今こそ地の底にいると自覚した。

このままではダメだ。このままではもっと深いところまで到達し、這《は》い上がれなくなってしまう。

自覚しているのに、もどかしい気持ちが胸の中でマグマのように噴火して、自分では抑えきれずにいる。

赤名が裏口から店を出ようとすると、先ほどの質の悪い奴らが待ち構えているのを見つけた。散った後、赤名をどうにかしようと、また再び戻って来たようだった。

このどうにもできない感情をぶつけるには丁度いいのかもしれない。

赤名はそいつらの前に立とうと足を一歩前に出す。だがそこで立ち止まった。

もしここで喧嘩をし、警察沙汰にでもなったら、野球部には入れなくなるだろう。もう二度と野球が出来なくなってしまう。

以前、中学生の時に野球を続けたいなら喧嘩を止めろ、と桃李に言われたことがあった。野球部が試合に出られなくなる。野球は連帯責任なのだと説明された。

今は野球部ではないのだから、そんなのどうでもいいはずなのに、その約束を守って、躊躇ってしまうのは何故なのだろうか。

赤名は、一歩前に出した足を戻し、別のドアから店を出た。

春の夜はひんやりとしている。福島駅から自宅まで、電車に乗らず歩いて帰ると一時間半は余裕でかかるのだが、数分歩くと身体が温まり、赤名は胸の中にあるマグマを振り払うように走り始めていた。

空気の澄む空は星を従え、暗闇に豆電球のような灯りを届けてくれる。

久しぶりに身体を動かし、何物にも代えられない爽快さを感じていた。

赤名はスポーツが好きではなかった。仲間とか連帯責任とか反復練習が好きではなかったからだ。そして何より勝負で負けるのが悔しかったからだ。でも好きではないのに出来てしまうから続けていた。それは桃李が言っていた、あの言葉に繋《つな》がるのだと思う。

『何かが出来ないなら、他に出来ることを探せばいい。その出来ることの努力を惜しまず生きればいいんだ』

この言葉を発した恩人というのは明日馬の兄だという。どうしてこの言葉をもらったのか、ディスレクシアが関係しているのだろうけど、詳しい事情は知らない。だけど桃李にとってこの言葉が大切なもので、野球を続ける信念に繋がっていることに気付いていた。

桃李は努力を怠らない。野球はもちろんのこと、授業が終わると録音したものをタイピングし文字に起こす。障害をものともせずに勉強も頑張っている。

俺はバイトをしても続かず、家に帰って漫画を読んでもゲームをやっても何だかつまらない、面白さを感じないっていうのに。

こんなことを考えている俺は、桃李を下に見ているのだろうか。あいつは障害を持っているのに、なぜ自分は頑張れないのかって。

いや違う、そうじゃない。俺は、ただあいつが羨ましいのだ。

桃李は何をしていても、いつも楽しそうにしているし、一生懸命だ。桃李と俺の差はそこなのだ。自分の信じた道を先頭きって突っ走る。

それしか自分には道がないから、そうしているだけ、桃李はそう言うだろう。

でも頑張るのは当たり前、自分の選んだ道は間違いではないと言い切れることが、どれほど凄くて難しいのか桃李は知らないのだ。

まばゆい光が何度も通り過ぎていく。

赤名は、次々に自分を抜かしていく車を追いかけながら、いつまでも追いつけない桃李の幻影を見ていた。


「あ！」

「ん？」

息も絶え絶え、汗だくになりながら帰って来ると、自宅近くの商店でアイスを食べている桃李を見つけた。幻ではなく完全に本物だった。

桃李はアイス片手にベンチにだらりと座り、春の星座を眺めていた。どうやら部活帰りらしく、ベンチの横には野球部のエナメルバッグが置いてある。

何だか気まずくなって下を向いた。別にそんな必要もないのに、先ほどの喧嘩になりそうな危うい瞬間や、今もグダグダと野球部に顔を出さない気まずさから思わずそんな行動にでた。でも桃李は、

「これ、『あたり』『はずれ』どっち？」

と、お構いなしにアイスの棒を差し出してきた。

何だこいつは、俺たち久しぶりに話すんだぞ、中学の卒業式以来に話すんだぞ、俺が野球部に顔を出さないのも気にならないのかよ、俺はお前にとってそれだけの存在なのかよ、と赤名は顔をしかめつつも、

「はずれ」とフンとしながらも答えた。

「なんだよ、また『はずれ』かよ、赤名がいる時は絶対『はずれ』なんだよな」

桃李は、あぁあとガッカリした顔をする。

だけど桃李の持つアイスの棒には、『はずれ』ではなく『あたり』と書いてあった。

赤名がそうやって嘘を言い始めたのは中学生の頃だった。

「お前はこういうので運を使い果たす人間じゃないんだよ。お前の運は試合で使うんだから、こういうのは『はずれ』でいいんだよ」

赤名なりに、桃李の尻を叩くつもりで言ったのが始まりだった。

ちなみに、本当の『はずれ』は、棒に何も書かれていない。桃李はそれを知らないようだ。

実は赤名は、『はずれ』を引いた桃李が、自分は運がない、そんな俺は試合にも勝てない、と弱気な発言をしているのを聞いたことがあった。いつもは強気の桃李も、試合前はナーバスになり、そんな発言をしていたのだ。でもそれは俺しか知らないようだった。

そんなことないだろ、と直球で言ってもこいつは素直に受け入れない。だから赤名は嘘をついた。『あたり』でも、常に『はずれ』と言い、全ては試合に勝つために運を貯《た》めているからだと告げた。もちろん試合に勝つには、運だけではなく努力が必要なのはわかっている上で言った言葉だった。

それを聞いた中学生の桃李は、試合に勝つと、アイスの運がここに集約された！　俺の運はここで勝つためにあったんだな！　なんてことをよく言っていた。

「まぁ、俺の運はここで使われるべきじゃないもんな！」

相変わらず桃李は呑気にそんなことを言う。

だけど……こいつを励ます人間は、今の野球部にいるのだろうか。

奈子？　それとも監督？　他の仲間たち？

いや、こいつの繊細な部分を分かってやれるのは俺しかいないだろう。

そして、こいつの本当の運を使う時、俺はどこにいて何をしているのだろう。そばにいないなんて考えられない。

こいつは、絶対に俺を必要だとは言わない。それは、明日馬とバッテリーを組むと言った手前、絶対に自分からは言わないだろう。そういうやつだ。でもそういうやつだからこそ、俺は中学の三年間、一緒にやってこれたのだ。だから、折れるとしたら俺からしかない。

「なぁ桃李、朝練は何時からだ？」

「ん？　七時」

「俺、明日から参加するからな」

「おぉそうか、またよろしくな」

あまりにも軽すぎる返事に赤名は苦笑する。

でも、これが円谷桃李だ。

誰が何を言おうが、自分の信じる道を先頭きって突っ走る。

俺についてこいと言葉ではなく、背中で魅せる男。

女房役って、なんて地味で損な役回りなのだろう。しかもこいつは亭主関白すぎる。

でも、これが惚れた弱みってやつだ。あの夏の日、雨上がりの校庭で見たこいつのピッチングに、俺はとことん惚《ほ》れているのだ。それが、俺が桃李を追いかけ続ける理由だろう。

「やるからには絶対に勝つぞ、俺、負けるのが嫌なんだ」

「分かってるよ。俺だって嫌いだ」

「だよな」赤名はフッと笑顔になる。

地の底を這い続ける毎日は今日で終わりだ。明日からは地上に這い出て太陽を存分に浴びてやる。こいつと共に。

遅れを取り戻す決意をした夜。赤名は、まだ春のはずのその場所から、恋しい真夏の匂いを探し始めた。

3　新生野球部、始動

意味が分からない。なんなんだ、これは。私の知らない間に何があったのだ。

「ナイスピッチング。今のもう少し左に落とせたりするか」

「おう。やってみる」

赤名は桃李の投球を見事に受け止め、アドバイスまでする。そうだ、これが中学時代の黄金のバッテリーだ。

桜堂高校のグラウンドの端では、桃李の投球を赤名が受け止めていた。今日の朝練から急に赤名がやってきて、先輩方に入部しますと挨拶をしたのだ。再結成されたバッテリーに、じゃあ俺たちも、と今度は香取と吉池が次々に入部した。

だが、その突然の変化に奈子はついていけずにいた。

一体何があったのだ。

桃李に「何か言ったの？」そう聞いたけど、「ん？　アイス食っただけ」と言われた。

アイス？　なんだ、それは。絶対にそれだけではないはずだ。私が何度も声を掛け、何度も入部するように話してもダメだったのに。そんなにも頑なだった赤名がアイスを食べただけでこうも簡単に入部するなんて、絶対にそれだけではないはずなのに。

「まぁいいべ、理由は何でも。これで桃李は思いっきり投げられるし」

晃は相変わらず呑気に言ったのだが、奈子は納得がいかない。アナリストとして、今後のため、その理由は知っておきたかった。何で桃李に説得出来て、自分には出来ないのか。何を言ってこんなことになったのか。知っておくべきだと思った。だがその一方で、理屈では説明できないのも知っていた。

私だって桃李の何にそんなに惹かれているのか自分でもよく分かっていない。顔なのか声なのか。それとも身長なのか、運動神経の良さなのか性格なのか。だけど物心ついた時は既に桃李のあとを追いかけていた。多分赤名も同じだろう。会ったその日から桃李から目が離せなくなったに違いない。そして桃李と一緒にいたら、自分だけでは到達できない未知の世界が見られるのではないか、そんな期待を抱いてしまう。それに赤名も気付いたってことなのかもしれない。

晃の言う通り、理由なんかどうでもいいのかもしれない。桃李を理解し、話し合える捕手がいればいい。そうすれば私たちは高みを目指せる。

新三年生　四名。
新二年生　四名。
新一年生　七名。

選手合計　十五名。
投手　　二名。
捕手　　二名。
内野手　六名。
外野手　五名。

この人数はまずまずだろう。とにかく赤名が入ってくれたのが大きい。それに赤名につられて入った香取優と吉池学。二人は女子にはとんでもなく軽薄なのだが、これでも内野手としての能力が高く、練習も真面目だ。まぁこれは赤名を恐れてのことなのかもしれないけれど。

やっとここから新生桜堂高校野球部の快進撃が始まる。

そのはずだった。

「皆、集まってくれ」

赤名たちが入部し、数日経った日曜日のグラウンド。ようやく吾妻山の雪うさぎが顔を出し、緩い空気が包んだ午後に、晃が一人の男を連れてやってきた。

晃と同じぐらいの年齢で、身長は晃より五センチは高いだろうか、浅黒い肌をし、筋肉質であるが細身の身体。だが腕や背中、上半身だけが他の部位よりも筋肉が発達しているように見える。髭を蓄え、無造作に髪の毛を縛っている姿は、到底社会人には見えない。奈子がジロジロと見ているのに気付いたのか、すぐさま鋭く光る瞳が奈子を射すくめる。全てを見透かすような目に、ただ者ではない空気を感じた。

誰なんだ？

でも、どこかで見たことがある。どこだっただろう。最近ではない。遠い昔、懐かしい日々のどこかで見た顔だったが、すぐには思い出せなかった。

「野球部に、新しい監督を迎えるからな。ちなみに俺は監督から部長になるぞ」

予期せぬ新しい監督の出現に、奈子だけではなく、他の選手たちもポカンと顔を見合わせる。

この人が新しい監督？　そんな話聞いていない。

振り返って桃李を見ると訳が分からないと顔をしかめている。どうやら桃李すら聞かされてなかったようだ。

だが、続いて話す晃の声にもっと驚くことになった。

「こいつは海洲千尋。千尋は俺の一年下の後輩で、桜堂のＯＢだからな」

かいずちひろ。まさか、あの海洲千尋？

そこに立っていたのは、誰もが憧れていた桜堂高校の元エースだった。

＊

桜堂高校野球部のエースが警察沙汰になったと聞いたのは、明日馬が東京に戻って、夏が終わった小四の秋だった。

「嘘つくなよ、海洲千尋がそんなことする訳ないだろ」

「嘘じゃねぇよ、父ちゃんが聞いたって言ってたんだから」

「そんな訳ねぇよ！　ふざけんな！」

クラスメイトの噂話に桃李はムカついて胸倉を摑もうとすると、先生がやってきて、話は宙に浮いたままになった。

あの海洲千尋がそんなことをする訳ない。桜堂高校のエースがそんなカッコ悪いことする訳ない。桃李は彼のことを信じていた。投手として、野球選手として、崇《あが》めて止まない彼がそんなことをする訳がないと思っていた。

だが急いで家に帰り、晃に話を聞くと、相変わらずのんびりと、

「あぁ、そうだな」と言った。

「嘘だ！　あの海洲千尋がそんなことする訳ないだろ！」

「まぁそうだな。俺もそう思ったさ。でも監督に聞いたから本当なんだよ」

ふぅと大きなため息をつくと、晃自身も信じられないという顔をした。

甲子園の初戦。なぜ海洲千尋が登板しなかったのか、晃は甲子園から戻って来た監督に話を聞いた。千尋は朝から行方不明になっていた。監督はもちろん行方不明になった千尋を心配し、警察に連絡をした。事故にあったかもしれないと思い、そうしたという。だが千尋は見当たらず、試合の時間も迫ったことで、結局は千尋を諦め、試合に臨んだのだという。

そして初戦後、千尋が暴力事件を起こし、警察署に拘束されているという事実を知ったという。

桃李はそれを聞いた時、怒りよりも落胆した。エースで四番は、そんなにも軽いものなのか。海洲千尋はそんなにも軽いものを背負っていたのか。エースで四番という自覚はないのか。翔兄や自分が憧れたのはそんな奴だったのか、と。

そして、野球をするからには、暴力や喧嘩をしないようにと自分にも戒め、仲間たちとも共有したのである。

「晃！　聞いてねぇぞ！」

晃は、来ると思ったと呆れた顔をしたのだが、さすがに学校では先輩のいる手前大人しくしていたので、その辺は成長したもんだな、としみじみと頷いていた。

夕飯時の梁川家の居間。勝手知ったる仲とばかりにズカズカと入って来る桃李を晃の家族は、おやおやまぁまぁと温かく迎え入れ、晃の父にいたっては、

「桃李、飯食ってけ」なんて、のんびりと声を掛ける。

だが桃李は「もう食ったし」とそれを邪険にすると、

「晃！　説明しろよ！」なんてまた怒鳴った。

「説明って言ってもなぁ、まぁ俺も、まさか受けてくれるとは思わなかったんだけどな」

たくあんをボリボリと食べながらのんびりと晃は答える。

千尋が監督を受けると言ったのは昨夜だった。突然晃の自宅へとやってきて、「やる」とだけ言うと、そのまま帰っていった。

なんだよ、それだけなら電話でもなんでもいいのに。晃はそんなことを冷静に思いながらも顔はニヤつかせていた。あの最終手段は無駄ではなかったようだ、と。

「まぁ、俺にも色々考えがあるんだよ」

「何だよ、言えよ」

「いやまぁ色々と」

「だからその色々を言えよ」

二人が揉めている様子を、晃の家族はいつものことだなぁと夕飯のつまみにしながら聞いている。

自分の力だけじゃ甲子園へ行くのは難しい。特にお前にはそれなりの指導者がついた方がいい。個人のポテンシャルは高いけれど、それでもまだ足りない。その足りない何かを俺だけでは補えない。いい選手が揃っていても、指導者が力不足だとその素晴らしい力も発揮できない。なんてこと、たとえ桃李が相手でも言いたくないので、晃はなんやかんやで誤魔化した。

「言っておくけど、俺は認めねぇからな」

桃李は千尋が警察沙汰になって甲子園に出場しなかったことに、今でも失望している。翔兄が憧れていた人物はそんなんじゃない、自分が憧れていたのはそんな投手ではない、と。

だが千尋の噂は本当で、そのせいで初戦敗退し、噂が広まった桜堂高校野球部は凋落した。

桃李は千尋の軽はずみな行為を怒っていて、それ以来、千尋の名前を一切出さなくなった。あの時、誤魔化して桃李に伝えれば良かったのか。でも噂というのは、どこをどう回って伝わるか分からない。それを考えると事実を述べた方が良かったのだろう。

「絶対に認めねぇからな！」

何の説明もしていないのだが、頭に血が上っている桃李はそう言って再びドタドタと音を出しながら帰っていく。

「なんだ、本当に飯いらねぇのか」

晃の父親が再び声を掛けると、玄関の外から「いらねぇ！」と桃李の乱暴な声が聞こえた。

これは時間がかかりそうだな。

晃は一難去ってまた一難だなぁと、甲子園での自分の選択を恨みつつも、これで役者は揃ったと顔だけはニヤつかせていた。

桜堂高校の練習は、午後四時半から午後七時まで。大体二時間半と決まっている。ただし休日は七時間という長さになり、そこに練習試合が入ると、一日中野球漬けになる。

平日の放課後の練習は、ストレッチとランニングから始まり、キャッチボールが終わると、バッティング練習とピッチング練習に分かれる。そして再びランニングとストレッチをし、ミーティングをして全てが終わる。

基本の練習はこれなのだが、曜日によって内容は変わる。

月曜日は、部活自体が休み。
火曜日は、バッティング練習にシートノック。
水曜日は、走り込みにサーキット。
木曜日は、バントの練習に実戦練習。
金曜日は、バッティング練習に実戦練習。
土曜日は、練習試合。
日曜日は、練習試合。

この間の意気込みはどうしたのか。絶対に許さねぇからな。そう言ってたのに、千尋がやってきてからの桃李はどこかおかしい。いつもならマイペースの上の上をいき、他人を全く気にしないのに、千尋を意識しすぎて球が固まっている。多分、フォームがおかしいのだと思う。

千尋も千尋で、桃李を遠くから眺めて近付こうとしない。

「投手の練習みてやってくれよ、俺は他の練習みるからよ」

元々そのつもりだった。監督というよりは投手コーチ……とまでは行かないにしろ、投手を見てもらいたかった。特に桃李を見て欲しいのに、千尋は近付こうとしない。ただ遠くから眺めているだけ。桃李もそれに気付いているようで、意識しすぎて球が走り切れていない。

さすがに大人の方から歩み寄れよと千尋に声を掛けても、「好きにさせたらいい」としか言わない。

これはどうしたものか。

いくら自由をモットーにしている桜堂高校野球部でも、これじゃ勝てるものも勝てない。絶対に桃李と千尋がタッグを組めばいいところまでいけるのに。

というか千尋だけではなく、桃李も監督に素直に聞きに行けばいいのに。

ふぅとため息をつくと、同じようにため息をついた奈子と目が合った。言葉を交わさず、晃と奈子は互いに目で合図すると頷き合った。

＊

春真っ盛り。緩やかな空気はジョギングに最適で、静かな田舎道に四人の吐き出す息の音だけが聞こえている。

練習が終わった後、桃李たちは自宅までそれぞれ走って帰る。本来なら自転車通学の距離なのに、走り足りないと桃李が言いだしたからだ。それなら俺も、と赤名が言いだして、じゃあ俺たちも、と香取と吉池が続いた。中学が同じ四人は、自宅が近いこともあり、帰る方向も同じだ。奈子は四人に付き合って走るなんてことは到底出来ないので今まで通り自転車に乗っている。カゴに四人分の野球バッグが載せてあり、バランスが悪くなって危うく転倒しそうになるも、四人は我関せずと走り続ける。

全くもう！　と自分に気遣いを見せない四人に苛立ちつつも、昔からの馴染みが揃ったのが嬉しく、頼もしい背中に奈子は笑みをこぼす。

「ねぇ赤名、桃李の投球どんな感じ？　いい感じ？　夏には間に合いそう？」

奈子は話し始めるなら飯坂街道を抜けて、果樹園に入ったところだろうと狙っていた。車はほぼ通らず、畑しかない田舎道は静寂で、話すのに適していると思っていた。

赤名は前を向いたまま、「あぁ」と声を出すも、そのまま走るだけで、それ以上は答えない。桃李とはそれなりに話すのに、それ以外にはあくまでも無口キャラを貫く気でいるらしい。

「おい奈子、俺がいる前で普通そういうこと聞くか？　デリカシーないな」

「桃李にデリカシーのことを言われるとは思わなかった。いつも私のこと猿呼ばわりするのにさ」

奈子が言い返すと、

「そういや奈子って、猿って呼ばれてたな」

「そうだよ、小学生の頃、すんげぇ短い髪だったもんな」

香取と吉池も応戦した。

「そういや、顔も赤かったし」

「背も小さかったしな」

「一回、木に登ってた時もあったな！」

「そうだよ、河川敷の木だろ！　監督が本物の猿と間違えたんだよな！」

香取と吉池が、懐かしいとケラケラと笑ってる。私の小学生時代なんてどうでもいいのに。というか忘れて欲しいのに。これでは話の矛先が変わってしまう。

「で、どうなの赤名、桃李の投球は」

奈子は再び赤名に聞いた。

「お前さ、さっきからなんなんだよ、しつこいな」

だが結局は赤名ではなく桃李が答えた。走りながらだから、ところどころ息が切れている。

「アナリストとして聞いておく必要があるでしょ。それに私だって甲子園行きたいんだからね。桃李だけじゃないんだから」

桃李は振り返って奈子を見ると、フンっと睨みつけ、また顔を前に向けた。

もしかしたら桃李自身も自分の調子がよくないのを知っているのだろうか。いや知らないわけない。自分のことだ。何かがおかしいとは気付いているはずだ。私にだって分かるのだから本人が分からない訳ない。ただそれが何かは分かっていないはずだ。晃は海洲千尋を意識しているからだと言っていたけど、それだけじゃない気がする。

「まぁなんていうか、なんだろうな」

　赤名はそんなことを言う。

「なんだろうなって、どういうこと？」

「いやまぁ、なんか変だなって思うんだけど……分かんね」

「分からないって」

　まさか女房役である赤名にも分からないなんて。ほぼ毎日受けている投球の変化には気付けるが、その理由は分からない。桃李だけではなく赤名も感覚で野球をやっているということか。

　これが、やれば出来てしまう人間の欠点なのかもしれない。何かがおかしいのは分かるけれど、それが何かが分からない。分析が出来ないでいる。

「それじゃ、監督に聞くしかないか」

　本来はもっと違うアプローチで監督の名を出そうと思っていたけれど、もうどうにでもなってしまえと奈子は思い切って桃李に声を掛ける。

「はぁ？」

案の定、桃李は立ち止まった。ブレーキが遅れてぶつかりそうになるも、桃李がカゴを掴んだおかげで助かった。

他の三人も遅れて立ち止まり、桃李と奈子の行く末を見守る。

「なんでここにあいつが出てくるんだよ」

「なんでって、監督だからでしょ」

「俺は監督なんて認めねぇよ」

「桃李が認めなくても監督は監督でしょ。桃李は監督の何が気に入らないの？　あんなに好きだった桜堂のエースなのに」

「その桜堂のエースが何をやらかしたのか知ってるだろ」

「それは……そうだけど」

「大体、あんな小汚いおじさん、誰が監督なんて認めるかよ。スポーツマンはスポーツマンらしく身なりにも気を付けなくちゃいけないんだよ。あんな髭面のオヤジなんか桜堂のエースじゃねぇ。俺が憧れていた海洲千尋はもうどこにもいないんだよ」

桃李は、不機嫌に鼻をならすと再び走り始め、それを他の三人が追いかけた。

「あの……監督は髪を切ったりとか、髭を剃《そ》ったりはしないんでしょうか」

翌日の放課後。一年生がグラウンドを整備している間にフラッと現れた海洲千尋に奈子は声を掛ける。相変わらず見透かしたような目をしていて、目が合うとドキッとするも、それはあの海洲千尋を前にしているからだ、今は監督なのだからと自分をなだめて言葉を続ける。

「なんていうか、スポーツマンにはスポーツマンらしい身なりがあるといいますか」

「それ、もしかして桃李が言ったのか？」

「あぁいや、えっと……」

奈子の慌てぶりでバレたらしく、海洲千尋は「なるほどな」そう呟く。

「それよりも、あいつ、怪我はしたことあるのか？」

「え？　桃李ですか？　いえ、まだ大きいのはしていないです。丈夫なのが取柄なので」

「そうか……でも、とりあえず今は、スライダーを投げるのは止めろって伝えてくれ。今からそんなの投げてたら三年までもたない。やるなら二年の春からだ。それまでに上半身の筋肉をつけるように言うんだ。特に背筋が足りてない」

「ちょ、ちょっと待ってください」

いつになく饒舌《じょうぜつ》な海洲千尋に呆気《あっけ》にとられるも、奈子は慌ててポケットからメモ帳とペンを取り出し、言われたことを書き込む。

「あと、ストレートを投げる時、右肘をもう少し、あと三センチ上げるように言ってくれ」

「え？　右肘？　ですか？」

「そうだ。そのせいでストレートの球が歪んでる。もしかしてここ数カ月で身長が伸びたんじゃないのか？」

言われてみると、中学を卒業してから桃李の身長は伸びているかもしれない。いつも着ていた練習着が小さいと言っていた。身体測定がまだなので、はっきりとは分からないのだが。保健室に行って測った方がいいのかもしれない。

「まぁそれも筋力があれば補える。やはりまずは上半身の筋トレをしたほうがいい。あいつ筋トレはしてるのか？」

「はい。朝練の前にしてます。朝起きたら、まずジョギングをして素振りをして筋トレをして学校に来ます」

「そうかそれじゃ、放課後の練習の後にもするように言ってくれ、あと食べ物も何を食べてるのか聞いてくれ」

「食べ物ですか？」

「筋肉をつけるにはタンパク質と炭水化物が必要だ。それと量をどれくらい摂取してるのかも聞いてくれ。これは桃李だけじゃなく、他の選手たちにも体重を増やすように言うんだ」

これだ。私が知りたかったのは、これだ。桃李自身も、その相棒の赤名さえも分からなかった答え。それを海洲千尋は、たった一週間、見ているだけで気付いた。

「あの！　これって、かいず……いえ監督からって桃李に伝えてもいいですか？」

海洲千尋は、「あぁ、そうだな」と考えると、

「いや、マネージャーが気付いたことにしてくれ」と言った。

「でも……いえ、分かりました」

海洲千尋が躊躇うように、今の桃李には私からと言ったほうがいいだろう。単純だとはいえ、一度へそを曲げた桃李が、海洲千尋の言うことを素直に聞くとは思えない。

「それと、今度の土曜日に試合決まったからな。そのつもりで選手に伝えてくれ」

「は、はい！」

この時、奈子は野球部が動き出した、甲子園への第一歩が踏めたとようやく実感した。


学法東北高校は福島県の端っこの白河市にあり、栃木県寄りのため、宮城県寄りの桜堂高校とは遠く離れていて交流はほぼない。スポーツが盛んな私立の共学校で、野球以外では長距離走やマラソンで有名選手を輩出している。野球部も去年の夏季大会ではベスト４まで進み、監督は名将・田中聡太《たなかそうた》監督である。部員数は六十名。人数がぎりぎり

である桜堂高校とは何から何まで違う。

「今日はよろしくお願いします」

海洲千尋と田中監督が握手を交わす。

「わざわざ来てもらって申し訳ない。いやしかし、海洲君とまさかこんな形で会えるとは思わなかったよ。桜堂高校の監督になるとは」

田中監督は、目を細めて海洲千尋を見つめた。それは懐かしいというよりも、あの時はよくもやってくれたな、というお礼参りの目にも見える。どうやら選手時代に何かしらあったようだ。海洲千尋にコテンパンにやられたのであろうか。だけどそれを特に気にしている様子もないのが海洲千尋だった。

いや、それよりも何だろう、海洲千尋のあの爽やかさは。学法東北側の保護者が色めき立っているではないか。イケメンだね、の声もちらほらと聞こえる。

今朝、学校に集合した時だった。

「おい、あれ」

「まじかよ」

そんな香取と吉池コンビの声に、野球部の皆が振り返ると海洲千尋が颯爽《さっそう》と現れた。髪は短くなり髭もない。桜堂高校のユニフォームを纏っている姿は、桃李が憧れたエースの海洲千尋そのものだった。

現に桃李は、その姿から目を離さなかった。多分、見惚れていたのだろう。そしてあの日、海洲千尋がホームランを打った日のことを思い出していたに違いない。

学法東北のグラウンドは、青葉大附属や神光学院と変わらない設備だった。桜堂ナインたちは、「いいなぁ」なんてことを練習している時も、ベンチに腰掛けた時もぼやくように言った。私立と公立ではこうも違うのかとため息もつく。

現在の学法東北は打倒神光学院を掲げている。今年こそは神光を倒し、自分たちが甲子園へ行くのだと必死である。あの日、海洲千尋がホームランを打った年以来、福島大会の決勝は全て神光学院が勝利を収め、甲子園の切符を手にしているからだ。

だからこの練習試合は腕鳴らし、いやそれにもならないと思ったのか、学法東北側の選手は全て一年生である二軍の選手だった。

現在の桜堂高校はそんな位置にいる。そう言いたいのだろうか。確かにそうなのだが他人に態度で示されると頭にくるのは何故だろう。

奈子は、学法東北ベンチに座る名将田中監督を睨みつける。油ギッシュのふてぶてしい顔ににんまりと笑みが浮かぶのを見つけ、なめられてる！　完全に！　と奈子は目を見開く。それとも春季大会のために、二年、三年生の一軍を温存しているのだろうか。

福島県の春季大会は五月の頭に行われる。他の県は四月に行うと聞いているが、雪が深い東北では五月に行うことが多い。そしてすぐに夏季大会が始まるので、春の野球部は多忙だ。しかも春季大会で勝ち上がると、夏季大会のシード枠を獲得できるのだ。出来ればその枠が欲しかったのだが、桜堂高校は春季大会には出場しない。出場登録をするのが二月だったため、部員が集まるか分からず、登録が出来なかったからだ。

「ではこれより、学法東北と桜堂高校の試合を開始します」

学法東北が九名全員一年生なのに対し、桜堂高校の先発投手は三年生の木内。捕手は宍戸である。内野はファーストに香取、セカンドに吉池。その他は二年生。外野は三年生一名、他は二年生である。

これが桜堂高校の先発でありレギュラーである。普段の実戦練習はこのメンバーで行うのだが、そこに待ったをかけたのは投手の木内だった。

「監督、俺じゃなくて桃李にしてください」

木内の発言に、そこにいた皆がざわついた。

「木内、どういう意味だ」

試合中は部長に徹している晃が木内に聞く。

「俺、悔しいんです。どいつもこいつも桜堂をなめてて。だからといって俺が投げても勝てない。でも桃李が投げたら分からない。桜堂が勝つかもしれない、いや勝つと思うんです。な、そうだろ桃李」

桃李は、木内の声に戸惑いながらも力強く頷いた。

「監督お願いします。俺、勝ちたいんです。桜堂野球部の一員である間に、一回でもいいから勝ちたいんです。それなら俺、先発じゃなくていいです」

木内の想いに、一同が海洲千尋を見る。

やけに爽やかな出《い》で立《た》ちの海洲千尋は……いや監督は、以前の名残なのか顎を触るもそこに髭がないと知り、手持ち無沙汰になったのか、今度は帽子を深くかぶり直した。

その姿が、あのホームランを打った日の海洲千尋と重なる。

「分かった。投手を桃李にするなら捕手は赤名にするが、宍戸もそれでいいか？」

監督が振り返ると、宍戸も頷いた。他の三年生、二年生たちも頷いている。勝てるならそれでいいと言っているのだ。

「よし、先発は桃李と赤名に変更する」

桜堂高校の隠し玉がグラウンドに放たれた瞬間だった。

隠し玉と言ったが、昨日、監督には四回あたりで投手を変更するつもりだと奈子は告げられていた。晃と三人で作戦を考えていて、試合の状況を見ながらバッテリーを変えると言われていたのだ。まさかそれが先発でいくとは思わなかったのだが。

先発メンバーの変更に学法東北は何も言わなかった。どうせ自分たちの勝利なのだから、何をしても構わないと言いたいのだと思う。

桃李は中学時代、公式戦での優勝経験がなかったため無名である。都会であれば中学生にもクラブチームがあるが、生徒数の少ない福島ではクラブチームは結成されず、まして中学校の部活に必ず所属しなければならない校則があったのだ。だが学校の部活動は、殆どが野球経験のない監督の下で行われ、その実力は発揮されなかったのである。


「あんな奴のが打てないのかよ」

試合が開始され、桃李がマウンドに立つ。しかし学法東北ナインは、一回から桃李の球が打てずにいた。ストレートの速さもあるが、特にフォークが打てないようだった。

桃李はこの一週間筋トレを強化し、右肘を三センチ上げる練習を始めた。もちろん監督からの助言とは伝えていない。筋トレの効果はまだ出ていないが、右肘の効果はすぐ現れた。ピッチングでも揺れはなくなり、ストライクの率も上がり、赤名も球を見失わずにいられるようだった。

二回、三回と試合が進むにつれ、その異常さに気付いたのは名将だった。

五回になり、ようやく一軍が出てきたのである。

今さら遅い。

奈子は、ペンをギュッと握る。今まで試合に出ていた一年生のデータは全て取らせていていないようだ。フォークが苦手、特に外角低めに落ちるフォークが苦手で、本人たちも気付いていないようだ。これは後々の試合で役に立つだろう。あとはレギュラーメンバー分のデータを取れたら、今日の試合は万々歳だ。

昨日、奈子は晃にデータを取るように言われていた。田中監督のことだから、二軍を出してくるかもしれない。だがその二軍が今年の秋季大会で出てくるから、その意味でもデータを集めるように。一軍が出てきたら夏季大会のデータのつもりで、と。

学法東北のレギュラー陣は桃李の球が打てると思ったのか、思いっきりバットを振っていく。だがストレートと思った球はフォークで、フォークと思った球はストレートで、三振を取られると選手たちは、首を傾げながらバッターボックスを後にした。選手たちは情報交換をしているようだが分からないようだった。手ごたえがあったと思うスイングでも全て空振りを取られてしまう。あの大きな身体を振りかぶり、どんな球が繰り出されるか分からない。でもそれが桃李の持ち味だった。

そして、一軍が二回りしたところで、試合は早々と終了した。

結果は、0対0の引き分けだった。

学法東北は格下相手に点を取れなかった。しかも一軍であるレギュラー陣を出場させてもだ。

名将田中監督は海洲千尋監督の元にやってくると、

「やはり、キミは簡単に勝たせてくれないようだね」と握手を求めた。

海洲千尋監督はその手をギュッと握る。

「選手たちの力ですよ」

こうして隠し玉の初舞台の幕が下りた。


晃がどこからか借りてきたマイクロバスは古くて座席が硬かった。ところどころバネが飛び出ていて、その部分には座布団が敷かれてあった。そんな中、一番後ろの席に座っている桃李は外を見ていた。

「寝ないの？　あと一時間はかかるよ」

前の席から奈子が移動してきて、ミネラルウォーターを桃李に渡す。

桃李は「あぁ」と受け取りながら、再び窓の外を見た。

周りにいるメンバーは疲れたからかぐっすりと眠っている。多分、昨夜緊張で眠れなかったのかもしれない。大きないびきをかいてる者もいる。

奈子は空いている席に座った。

高速道路を走るマイクロバスは、ぐんぐんと景色を塗り変えていく。たまに住宅街が現れたかと思うと、すぐに田のある景色に変わる。この風景をどこかで見たことがあると懐かしい気持ちになり、すぐに思い当たる。翔兄のお葬式を抜け出した時だった。あの日、奈子と桃李と明日馬は、斎場を抜け出し、晃の車で兵庫県にある阪神甲子園球場に向かった。向かったと言っても、実のところ奈子にはほぼ記憶がない。泣き疲れから殆ど眠っていて、たまに起きても同じ風景ばかりで飽きてしまい、またすぐに眠りについてしまったからである。あの時も車の運転は晃だった。そして今マイクロバスを運転するのも晃である。ただ一つ違うのは、そんな晃の隣にいるのは海洲千尋ということだ。

「今日の試合良かったよ、球が走ってた。あの学法東北を0点で抑えたんだから」

「まぁでも引き分けだからな」

奈子はフッと笑みがこぼれる。

桃李ならそう言うと思っていた。どんなにいい球を投げられたとしても、無失点で抑えられても、勝たなくては意味がない。甲子園に行かないと意味がない。

でも確かに桃李の言う通り、野球は勝たないと意味がない。相手よりも一点でも多く点を取らないといけない。今日の試合で、桜堂の弱さが浮き彫りになった。投手である桃李だけに頼っていては、点は取れない。守りがよくても点が取れなかったら意味がない。選手一人一人がもっと高みを目指さないといけないだろう。特にバッティングに関してはは強化しないといけない。

「でも奈子のおかげだわ。肘を三センチ上げろって、あれのおかげで球の走りが全然違う。身長がそんなに影響するとは思わなかった」

「うん。でもそれ、実は私じゃなくて監督からの助言だよ」

「え？」桃李は、外を見ていた顔を奈子に向ける。

「本当は私が気付いたんじゃないの。監督が気付いて、桃李に伝えてって言われたの。多分自分が言っても桃李は素直に受け入れないって思ったからなんじゃない？　ちなみに髪と髭の身だしなみのことも言ったからね」

「お前さぁ」

桃李は呆れた顔をする。

「だって勝ちたいんだもん。何が何でも勝ちたいの。私、そのためだったら何でもするよ。桃李だってそうでしょ、勝つためには何でもやるって、そう思ってるでしょ」

メンバーのいびきが響きながら、マイクロバスは走り続ける。外の音もうるさいからか、運転席にいる晃や助手席に座る監督には声は届いていないようだ。

「私さ、あの夏、監督に何があったのか調べたんだよね」

桃李は先ほどよりも、今までのどの時よりも驚いた顔をし、奈子を睨むように見つめた。

桜堂高校が甲子園に行った年の夏。甲子園近くのホテルに宿泊していた海洲千尋は緊張から眠れず、一人ランニングをしに外に出たという。本来なら外出するのも、一人で行動するのも禁止されていたのだが、同じ部屋で寝ていたメンバーを起こすのが申し訳なくて、一人で行動してしまった。そして、外に出て、走っている途中で女子マネージャーが地元の若者に絡まれているのを目撃した。どうやらマネージャーは選手の練習着を洗濯するため、近所のコインランドリーに行っていたらしい。そしてマネージャーを庇《かば》ったことで大事になり、通報され、警察沙汰になってしまったという。海洲千尋は、大会当日も警察署におり、出てこられたのは、試合が終わった後だった。もちろん海洲千尋は何も悪くない。だがエースナンバーを背負っていた責任のため、海洲千尋は野球界から退いたという。

桃李が納得できる理由を求めに、奈子は晃と共に当時の監督に話を聞きに行ったのである。

「どうしてマネージャーのことを当時話してくれなかったんですか？」

晃は元監督に聞いた。その話であれば、丸く収まって海洲千尋も野球を辞めなくてよかったのではないか。だが元監督は、海洲千尋が、女子マネージャーに責任を負わせたくない、だから誰にも言わないで欲しいと言っていたからだと説明する。全ては外出した自分が悪いのだからと。

「それ、うちの選手に話してもいいですか？　このまま誤解したままではうちは甲子園に行けません」

今度は奈子が聞く。

「そうだな。もういいだろう。マネージャーだった子も海洲が監督になって甲子園目指してるって聞いたら嬉しいだろうしな」

元監督は、そう話してくれた。


桃李は奈子の話を黙って聞き、終わると再び外を眺め始めた。

奈子も桃李を追いかけるように外の景色を見た。

次々に塗り変えられる景色は、いつの間にかピンク色に染まり始めていた。


マイクロバスが桜堂高校に着く頃には陽は沈み、辺りは暗闇に支配されていた。

田舎の夜は暗い。空に星は瞬いているけれど、その光は薄くしか地上には届かない。

暗くて、静かで、でも奈子はそれが好きだった。新鮮な空気に耳を澄ますと動物の声が聞こえ、遠くの方で車の走る音が聞こえる。そして何より、その音の合間に桃李が野球をする音が聞こえるからだ。

「監督」

校舎横にある駐車場にバスが停《と》まり、ナインが荷物を運び始めた時だった。桃李は監督の前に立ち、突然頭を下げた。

一年も二年も三年も、何事かと桃李の様子を、一歩も動かずに見届けている。

「俺、勝ちたいです。勝って甲子園に行って、優勝旗を桜堂高校に持って帰りたいです」

晃は何事かと運転席から出て来て、桃李が頭を下げているのを目の当たりにする。そして直ぐに、お前、他人に頭を下げることなんか出来たのか、とでも言いたげなあ然とした顔をした。

「監督！　これからもご指導ご鞭撻《べんたつ》のほどをよろしくお願いします！」

桃李がもっと深く頭を下げると、我に返った赤名や香取、吉池が後に続いて頭を下げ、それを見た他のメンバーも続けて頭を下げた。

奈子と晃は、そんな異様な光景をポカンと見ていたのだが、これでようやく始まるな、やれやれ、と互いを見合ったのであった。


五月の連休明けはテスト期間のため、野球部は一週間の休みになった。晃から赤点になったら練習を受けさせないと強制的な申し送りがあったためだ。

「特に桃李と赤名！」

優秀なバッテリーはスポーツは得意でも勉強はからっきしである。特に桃李はディスレクシアが影響し、授業に遅れが出ていた。ただ晃もそれを分かっていながら言っていた。だが、私立ならまだしも県立高校ではそれは許されない。

「名指しすんな」

バッテリーがこんな時も息が合うように晃に苦情を言うと、

「何だ、二人とも勉強苦手なのか？　俺が見てやろうか？」

宍戸さんが名乗り出た。そう言えば宍戸さんは木内さんと共に学年上位なのだと、奈子は晃に聞いていた。

「ダメダメ、今年受験生のやつは自分のことをやるんだ」

だが、すかさず晃から指摘される。

そんなこともあり、結局桃李はいつものように奈子に教えてもらうことになったのだが、普段と違うのは、赤名がいて吉池も香取もいることだった。

「いやぁ、奈子が生徒代表やるくらい頭がいいの知らなかったからな」

「本当だよ、黙ってるなんてズルいだろ」

「別に黙ってるつもりはなかったけど」

奈子が図々《ずうずう》しさを通り越した香取吉池コンビに反論する。

「ま、とにかくヤマ当てよろしくな！」

「そうそう、ヤマ当てヤマ当て！」

中学までは晃の家の広い畳の部屋を使っていたけれど、さすがにテスト作成者の自宅はまずいだろうとなり、桃李の部屋に集まった。だが、当の本人である桃李は、周りが騒いでいるのも構わず、学習机に向かっている。集中していて聞こえていないようだ。

桃李は、中学に入ってから毎回別室でテストを受けていた。パソコンとボイスレコーダーを使用した口述筆記のためだった。その際もクラスメイトから桃李ばかりズルい、とやり玉にあがった。どこにでも当事者の気持ちを無視し、自分のことしか考えられない者はいる。だが桃李は、その者たちのやっかみを無視し、自分のやるべきことをやった。そして高校生になって初めてのテストも、別室で受けることになった。

ただ赤名や吉池、香取の三人は、桃李のディスレクシアに関して興味がないようだった。別室でテストを受けようが、授業中にパソコンを使おうが興味なし。三人にディスレクシアの説明をした時も、「あぁ、そうなんだ」とそれだけだった。でもそれが、桃李には居心地がいいようだった。ただただ野球をやる仲間。それ以外は何もない。

「ヤマ当てよりも良いものを、倉持《くらもち》さんに借りて来たんだけど」

そんな奈子の声に、皆が注目し、奈子はコピー用紙を皆に配る。

「え！　これ、過去問やん！」

「さすが奈子だな！」

吉池や香取は興奮し、赤名はしみじみとコピー用紙を見ている。そして、奈子は鞄からボイスレコーダーを取り出すと、桃李の机に置いた。

「桃李はこれ。過去問、全部録音してきたから」

「おぉ、悪いな」

中学生の頃からテスト前になると、こうやって桃李にボイスレコーダーを渡していた。桃李の場合、ノートよりも口述の方が頭に入るからだ。桃李は勉強のことになると申し訳ないと思うのか、いつもよりも気まずそうにし、感謝の言葉を述べる。

これくらいどうってことないのに。

野球との差があまりにもありすぎて、奈子自身戸惑うことがある。多分、それほどディスレクシアは、桃李にとって引け目を感じることなのだろう。

「でもさ、監督来てからまじで変わったと思わね？」

「分かる。俺さ、自分のクセ知らなかったんだけど、数回見ただけで指摘されたしさ」

吉池も香取も勉強には手を付けず、赤名に至ってはテーブルに顔を伏せ始めた。もはや、やる気がないらしい。

「これは俺たち、もしかすると、もしかするんじゃねぇ？」

「な、今年じゃなくても来年とか再来年とかさ、甲子園行けたりするんじゃねぇ？」

吉池と香取が盛り上がる。だが、

「バカ言え、俺たちは今年行くんだよ。今のメンバー全員で行くんだ」

桃李はノートに向き合い、振り返りもせずに答えた。吉池も香取も、そして赤名も桃李の背中に顔を向ける。

「まぁ、そうかもしれねぇけどさ」

吉池と香取は、何か言いたげに互いを見合っている。何だか含みのありそうな雰囲気に、

「何だよ、言いたいことあるなら言えよな」

赤名が桃李の代わりに聞いた。

「先輩たち、どうせ陰では俺たちのこと文句言ってんじゃねぇのかなって、なぁ」

「そうだよ、今までだってそうだっただろ。俺たちだけじゃねぇ、桃李だってそうだったじゃねぇか。一年のくせに先発なんか生意気だ。後輩なんだから先輩を立てろって」

ここにいる四人は中学時代から才能を開花させていた。身体能力に恵まれているのもあるし、センスももちろんある。そのため、中学一年からレギュラーになり、そのことで先輩たちに目をつけられ、嫌味を言われていた。特に桃李は、野球の花形エースの投手であったため、必要以上に先輩から目をつけられていた。そしてそれを守っていたのが赤名だった。

まさか、木内さんや宍戸さん、それに倉持さんに限って、そんなことを思うわけない。

先日の試合でも木内さんは桃李に投手の座を譲った。監督が先発でと言ったにもかかわらずに。それには他の先輩方も納得しているはずだ。でも、それは私たちの願望であり、本当の気持ちは誰にも分からない。

桃李は二人の気持ちも分かると思ったのか、一瞬言葉を詰まらせた。

「とにかく、俺たちは今年甲子園に行くんだ、うだうだ言うなよ」

そう言うと、ボイスレコーダーの録音を聞き始めた。


テスト最終日。奈子の姿は二年生の廊下にあった。一年生の女子が珍しいのか、二年生男子たちが奈子を頭からつま先までなめるように見、先輩女子たちは何だあいつという目で見ていた。倉持さんに過去問を返そうとやってきたのだけど、やっぱり部室で渡せば良かったかもしれない。晃に見つかると厄介だと思って教室まで来たのだけど……早いところ用件を済ませて帰ろう。

廊下のざわつきを見ていると、一年生も二年生もそれほど変わりないように思えた。結局は高校生の一歳差、二歳差なんてそんなものだと思う。だけど、その差による上下関係で部内は天と地に分かれたりもする。吉池や香取が心配するようなことがあるのなら、今後の部活動に何かしら影響を及ぼすかもしれない。それは多分、三年生がいなくなった秋頃から顕著に出てくるだろう。

倉持たち二年生は、桃李たちをどう思ってるのか。過去問を貸してくれるぐらいなのだから、拒絶はされていないだろうけど、やっぱり先輩としてのプライドは持っているはずだ。

野球部の二年生は四人、その中でもレギュラーは二人いる。だが一年生のレギュラーは四人だ。今のところ、三年生の宍戸と木内がいるからか、揉めごともなくまとまりを見せているが、二年生はどう思っているのだろう。この間の学法東北戦は素晴らしかった。ただ試合に出られない二年生は、一年生と交ざって応援に徹していた。二年生はサードの倉持を中心にまとまってはいる。倉持は次期主将と名高い。宍戸とは性格が違い、どこかほんわかとしている。だがそれがチームの癒しになっている。その倉持が中心なのだから大丈夫だとは思いつつも、やはり何かしら思うところはあるのではないか。

身体的にも実力的にも圧倒する桃李を前に、何も思わない訳はないだろう。

先日、晃に二年生、三年生は、今の一年生をどう思っているのだろうと聞いた。数年一緒にいるのだから晃の方が選手の性格を知っていると思った。でも晃が言ったのは、

「なんとも思ってないんじゃないか?」だった。

スポーツという競争する分野で、そんなことあるのだろうか。確かに東北という風土には、気性の強い者はほぼいない。どちらかというと朴訥《ぼくとつ》として、内に秘める者が多い。でもスポーツになると、負けず嫌いの性格になるのではないか。

だが晃は、

「何かあったら言ってくるだろ」

なんてことをのんびりと言い、相談の意味もなかった。監督にも尋ねようとも思った。だが監督はどちらかというと桃李寄りである。学生時代、先輩たちの嫉妬や妬みを受ける側で、そういった者の気持ちが分かるとは思えなかった。

奈子は倉持の教室に顔を出し、近くにいる人に呼び出してもらったのだが、倉持は教室にはいなかった。やはり部室で返した方が良さそうだ。そう思って二年生の廊下を歩き始めると、倉持の姿を廊下の端で見つけた。倉持は背の高い数人に囲まれていた。しかも倉持だけではなく、他の野球部の二年生も揃っていた。

「お前ら、何でこの間の試合、俺らのこと呼ばなかったんだよ、今回は行かなくて良かったのかよ」

背の高い集団の一人が、ニヤニヤしながら倉持に突っかかる。どこかで見たことがあると思ったら、バスケ部の面々だった。背が高く、細身の身体が制服の上からでも分かった。

「まぁどうせ、人数が揃っていても負けてただろうけどよ」

倉持は拳をギュッと握った。

「今までありがとう。でも、もうキミたちに頼むことはないと思うよ」

「は？　なんだそれ」

「一年生が大量に入ったから、人数は揃っているんだ」

奈子はその時にようやく気付いた。あれは、今まで野球部が頼み込んで試合に出てもらっていた人たちだ。野球は九人でやる競技。今の三年生と二年生は合計八名なので、試合があるたびに他の部から何人か借りて出場していた。特にバスケ部は、同じ球技であったために、度々声を掛けていたらしい。背も高く、足が速いことも、野球部には欲しい人材だからだろう。

「へぇ、そんなに一年生が入って、お前らポジション争い大丈夫なのかよ」

嫌みたらしい言葉に、倉持以外の二年生が一歩前に出ようとする。だがそれを倉持が手で制した。

「ってか、それでいいのかよ。一年にポジション取られてよ」

バスケ部は、ニヤニヤとした顔を止めない。

頑張ってる人をあざ笑う人はどこにでもいる。桃李もディスレクシアのお前が野球なんか出来るのか、と何度も言われてきた。でも今、桃李は野球をし、そしてあの学法東北を0点に抑えるまでになった。

「一年生とか、そういうのはどうでもいいんだ」

奈子は、倉持の言葉の続きを待った。聞きたくない言葉も受け入れるつもりだったが、出来れば聞きたくないのも本音だ。

「は？　何言ってんだよ、お前、悔しいとかそういう気持ちないのかよ、それでいいのかよ」

倉持は、毅然《きぜん》とした態度で首を振った。

「野球は九人いないと出来ない競技だ。だから、そこに先輩も後輩もないんだよ。あいつらはチームメイトで、俺たちは仲間なんだから」

「何だよそれ、綺麗ごと言ってんじゃねぇぞ」

「別に綺麗ごとじゃないよ。というか綺麗ごとでもいいよ、それで甲子園に行けるなら、俺はそれでいい」

そうはっきりと断言すると、倉持は「行こうぜ」と階段を下りていく。他の二年の野球部員たちがバスケ部員たちを一瞥《いちべつ》すると倉持の後に続いていく。

その瞬間、奈子は、今年の桜堂高校野球部はいいところまで行くだろう、そう説明のつかない予感に満ちていたのである。

4　夏の覇者との戦い

雨が降ったり止んだりと入れ替わりが激しい六月上旬。梅雨の晴れ間にとっておきの青空が見えたグラウンドに、桜堂ナインは立っていた。

「いやぁ、やっぱり甲子園常連校は違いますな」

「もういい加減比べるのは止めようぜ。公立と私立とじゃ月とスッポン、百貨店と百均ぐらい違うんだから」

「なんだよそれ」

「どっちも百がつくのによって意味よ」

香取と吉池のぎゃははという軽薄な笑いが、緊張しているナインたちを苦笑させたのだが、そのおかげで緊張の糸は解けた。

「よし、まずはランニングやりますか」

主将である宍戸の声に、桜堂ナインが「はい！」と返事をする。

青葉大附属高校のグラウンドへやってくるのは、四月の青葉大附属と神光学院との練習試合以来である。あの時は偵察の意味と、明日馬の存在を桃李に知らせるためで、ただ観戦しただけだった。でも今回は違う。今は、桜堂高校も同じグラウンドに立っている。

晃が横を向くと、ユニフォームを纏った千尋が立っていた。その眼差《まなざ》しは青葉大附属ナインを離さない。どこかに隙がないかと狙っているのだろう。なんて頼もしいのだ。晃は教師になって、甲子園を目指すと誓った自分を褒めてやりたくなった。だが同じように後悔を何度もしているのを思い出し、人ってこういうのを繰り返して、結局はやり続けていくんだろうな、なんてことを悟った。

去年の夏の覇者である青葉大附属高校は、今年、夏の連覇を目指している。既に宮城県の春季大会で優勝し、夏季大会のシード権を取得している。桜堂高校は春季大会に出場していないので、夏季大会は一回戦から勝ち上がって行かなくてはいけない。もう少しで夏季大会が始まるので、この試合はそのための肩慣らし……になればいいのだが、実力に差がありすぎて選手たちが落ち込まないか心配になる。

「なぁ千尋、あいつら大丈夫かな」

「何がです?」

千尋はそう返事をしたが、視線は青葉大附属ナインから離さなかった。

「この試合で落ち込んだり、色々あるだろ。夏季大会の前にメンタル削るようなことしたくないんだよ」

「何言ってるんです。こんなことでメンタルやられたら、甲子園には行けないですよ、先輩」

「へいへい、どうせ俺はメンタルやられて甲子園に行けなかったパターンですよ。でもだからこそ心配してんだよ」

「あれがメンタル云々《うんぬん》の顔に見えますか？」

千尋はようやく晃の方を振り向いたかと思うと、顎でしゃくる仕草を見せる。視線の先にはグラウンドを走る桜堂ナインの姿があった。しかしその顔は殆どが笑顔で、中心にいるのは香取や吉池、そして赤名と桃李の一年生たちだった。これまでの練習もそうだった。この四人を主軸とすると、野球部の士気が上がっていた。

「そうか。うん、そうだよな……いや待て、それなら神光学院との練習試合はなんで止めたんだ？」

実はこの前に、神光学院から練習試合の打診があったのだ。あのベスト4である学法東北を桜堂高校が0点に抑えたと福島の野球界隈《かいわい》で噂になったからだ。神光学院の監督は、学法東北の田中監督と同じ歳の馬淵《まぶち》監督。同じような名将でもこちらの名将は少しばかり違う。良く言えば無口で無骨。悪く言えば薄気味悪い。腹の中で何を考えているのか分からないタイプである。それは、晃や千尋が選手時代からそうだった。そんな馬淵監督率いる神光学院からの練習試合の打診である。だが千尋はそれを断った。その代わり、同じように噂を聞きつけた青葉大附属との試合を引き受けたのである。

「神光学院と戦わせた方が桃李は燃えるんじゃないのか？　何せ向こうには明日馬がいるからな」

桃李と明日馬の話は千尋には報告済みだ。明日馬が桃李との約束を反故にし、神光学院へ入学したこと。それがあり桃李は投手一本に絞ったこと。

「いや反対ですよ。神光学院と戦いたくて戦いたくて仕方なくて、あいつは必死に夏季大会の決勝まで勝ち上がるはずです。そんな大事な一戦を、練習試合でやるのは勿体ないですよ。ですから、そのために互角の青葉大附属には踏み台になってもらいましょう」

ナインのメンタルが成長したのは分かったが驕《おご》りすぎても困る。特に監督が冷静でないと困るのだが。

去年の夏の覇者に向かって、千尋はそんなことを言ったのである。


青葉大附属高校はメンバーに一軍のレギュラー陣を揃えてきた。やはりあの学法東北との試合の噂を聞いていたのだろう、

「先日のメンバーできますか？」と佐久間《さくま》監督に言われた。

青葉大附属高校の佐久間裕晴《ひろはる》監督は、身長はそれほど高くなく、目尻に皺があり、威圧感は皆無である。元々監督自身も青葉大附属の野球部出身であり、そして何より三十

五歳と若い。千尋も二十四歳なのでさらに若いのだが、三十代の監督は高校野球界では若い部類に入り、若き獅子《しし》なんてあだ名もついている。だがその若き獅子に代わってから青葉大附属は五年連続で甲子園へ出場し、去年は優勝旗を東北へ持って帰ってきた。何度も試合へ足を運び、観察してきたから分かるのだが、佐久間監督は選手を一人の人間として扱う。そんなの当たり前だろうと思うかもしれないが、それが出来ない者も多い。特に年配の監督は年功序列の体育会系だからか、選手を叱責ばかりしている。だが佐久間監督は怒ることがまずない。選手を褒めるところから始める。

いつだったか、そのことで質問したことがある。すると、

「いやぁ大人の僕だって褒められたいですからね、子供だったらもっと褒められたいんじゃないですか？」なんてことを言っていた。

若き獅子は人心掌握術に長《た》けているのだ。でも、だからこそ選手らは自分自身で考えて動き、その甲斐《かい》もあり、勝利を導き出したのである。誰かにやらされるよりも自分から動く方がいい方向にいくに決まっている。

若き獅子には見習うべきところが多い。だが、うちも負けてはいないだろう。指揮官が代わると選手たちが変化するのは、うちも同じだ。

「ええもちろんです。いい試合になると思いますよ」

千尋が牙をむいた瞬間だった。だが千尋は獅子というよりも狼《おおかみ》に近い。群れない一匹狼である。

千尋が明言した通り、桃李が先発。故に捕手は赤名である。だが三年生である木内と宍戸のバッテリーは納得済みである。二人の能力を信じているのだ。

「両チーム、整列！」

主審の掛け声にナインたちがホームベースを挟んで並ぶ。

「あれ、平川《ひらかわ》中のバッテリーじゃねぇか」

「本当だ、円谷と赤名だ」

「ファーストとセカンドもじゃね？」

「そうだよ、平川中の香取と吉池だ」

観客席にいる青葉大附属の一年生から次々に声が上がる。隣県とはいえ、青葉大附属は県外から入学している生徒もいるので、福島の中体連（日本中学校体育連盟）で活躍した桃李たちのことを覚えていたらしい。桃李が中学三年の時、平川中学校は中体連で結構いいところまで進んでいた。その中でも桃李と赤名のバッテリーは有名だった。まず桃李のストレートを打てる者がいなかった。だが結局は準々決勝で負けてしまった。だがあれは監督の采配ミスだと晃は思っていた。マネージャーである奈子が監督にどんなにアドバイスをしても聞かず、桃李の体力が限界だと解釈し、勝手に交代してしまったからだ。どんなに優秀な選手がいても、無能な監督の下にいればそれは開花しない。年下の、女の、生徒の話を聞かない奴はどこにでもいる。まぁそんなこと今言っても仕方ない。今、全ての采配を振るのは、若き狼の千尋だ。そしてその両隣には俺と奈子がいる。千尋は、奈子が女だからとか、生徒だからとか、そんなことは気にしない。いいものはいい。悪いものは悪い。悔しいものは悔しい。とにかく分かりやすい。

「どこに行ったのかと思ったら、桜堂に行ったのか」

「本当に、勿体ねぇな」

そんな声が観客席から聞こえる。だが層の厚い青葉大附属のレギュラーに一年生は誰一人入っていない。もし桃李が青葉大附属に入っていたらどうだっただろう。レギュラーに入れただろうか。そもそもあいつはチームに馴染めなかったんじゃないだろうか。たとえ、若い獅子が怒らずに褒め殺しをしても、桃李には響かないだろう。

「一軍じゃなくて、俺たちでも良かったんじゃね？」

「そうだよ、そろそろ俺も試合出たいよ」

どうやら一年生には学法東北との試合のことは伝わっていないようだ。だが、先日の学法東北戦のような試合を今回はさせてはもらえないだろう。

先日の学法東北との試合は二軍が先発だったが、今回は一軍である。しかも春季大会を優勝し、その後の東北大会でも優勝したチームなのだ。のりにのっているメンバーに太刀打ちできるのか不安しかない。そんなメンバーを出してこなくても、と若き獅子を恨みたくもなるが、格上のチームと試合をさせてもらうのは有難いことだ。今までの桜堂高校を考えれば、練習試合をさせてもらえるだけでも有難い。それとも踏み台と言った千尋の言葉が伝わりでもしたのか、もしそうならばコテンパンにやられてしまう。

「ではこれより、青葉大附属 対 桜堂高校の練習試合を始めます！」

晃の心配をよそに、主審の挨拶が青い空に響き、獅子と狼の率いる戦いが始まった。

先攻は青葉大附属高校。後攻は桜堂高校。

さすがとしか言えないが、観客席には四月と同じように取材陣が集まっていた。ただの練習試合なのだが、青葉大附属は今年の夏も期待されていて、試合後にインタビューでも受けるのだろう。

吹奏楽部がいないからか観客席は静かで、主審や部員の声がグラウンドによく通る。

一回表・三者凡退。

桃李は初めから飛ばしていた。というかそれが千尋の指示だった。相手は今のりにのっているチームである。だが得体の知れないチームを相手に、初回は様子を見るだろう。ならば初めから飛ばしてやれ。桃李はにやりと笑うと、

「やりますか！」と赤名の尻を叩いた。

千尋の指示は正しかった。相手は桃李の投球を知らず、窺うようにバッターボックスに立った。しかしあまりの投球の速さに手も足も出なかった。二番打者も同じ。ただし三番打者はバットに微《かす》かに当てた。だがそのまま捕手のミットに収まりストライクとなった。

二回、三回表も変わりなかった。三者凡退。青葉大附属の打順が一回りしたところでベンチがざわついた。打てない。手が出ない。なんだあれは、と。

だがそれは桜堂高校も同じだった。

一回裏・三者凡退。

青葉大附属の三年生投手・川谷《かわたに》選手は相手が格下と知っていても手を抜かなかった。若き獅子である監督の指示かもしれないが、一回表の桃李の投球を見て火がついたのかもしれない。だが獅子の顔は至ってクールだった。

身長が低い川谷投手は、スピードはそれほどないのだが変化球を持ち味としていて、しかもコントロールが抜群である。一人目からスライダーやらカーブ、フォークを投げ三振を取る。二人目、三人目も続いて三者凡退。

だが、二回裏の桜堂高校の攻撃に変化があった。

四番の赤名、五番の桃李、六番の香取が際どいスライダーを右中間へ狙い打つ。これは奈子からの指示だった。

川谷選手は右投げ。フォークの次はスライダーを投げる率が高くなる。弧を描くように捕手の右側に球が落ちる。それを右中間に向かって打つ。今年の青葉大附属はライトとセンターの守備間隔が広く、そのせいで右中間が空いてることが多いからと言われていた。

奈子の分析通りに試合が運び、二回裏、桜堂高校は無死満塁まで追い詰めた。だがここで早々に若き獅子が動いた。なんと二年生である左投げの久住《くずみ》投手が投入されたのである。

久住は奈子の引き出しに情報がなかった。四月の練習試合にも出ていなかった。投手が代わったことで守備がガラッと変化し、結局は打者をホームに戻せず、点が取れなかった。

両校ともに、三回、四回、五回まではほぼ変わりなかった。だがそこはやはり夏の覇者である。六回表にようやく試合が動いた。

桃李の投球が読まれ、四番にホームランを許したのである。そしてその一点が決勝点となり、結局試合は1対0で青葉大附属高校が勝利した。

「1対0、あの青葉大相手に」

「桜堂高校って最近聞いたか？」

練習試合とはいえ、夏の覇者相手に一点しか与えず、しかも点は取ったが押され気味だったこともあり、取材陣は桜堂高校に注目する。

「春にやった神光学院との試合は、5対3の2点差で青葉大附属が勝ったんだったな」

「確か、そうだった」

「それを1点に抑えたのか」

「これは……あるな」

観客席にいる取材陣は青葉大附属へのインタビューではなく、夏の覇者を苦しめた桜堂高校を囲み始める。だが晃は生徒への取材を許さず、監督のみを許した。それは、桜堂ナインが殺気立っていたからだった。特に桃李は負けたことが余程悔しかったらしく、ホームランを打たれたことにイライラとしていた。

他のナインも、

「負けたのに何も凄いことはない！」とギラギラしていて、取材されても冷静ではいられないだろう。まず取材に慣れていないあいつらを送り出すのは止めといたほうがいいだろう。訳の分からないことで炎上なんてされたら元も子もない。

「帰ったらバッティング練習するぞ！」

夏の覇者を一点に抑えて嬉しいなどとは全く思っていない。ただただ負けたことが悔しい。点が取れなかったことが悔しい。

桃李たちは、青葉大附属ナインに頭を下げると、早々にマイクロバスへと向かった。

取材陣は急いで桜堂高校を調べ始める。六年前までは福島の神光学院と互角の実力があった高校である。だがいつしか凋落し、その名前は春夏どこにも聞かなくなった。そして、六年前、甲子園に行った際の四番でエースは海洲千尋投手。

「あの、もしかして海洲千尋選手ではありませんか？」

とある一人の記者から声が上がり、その場にいた記者たちが一斉に監督である千尋に注目する。

「海洲って、海洲千尋？」

「そうだ、福島の桜堂高校っていえば海洲千尋だよ、投手で四番」

「だけど、甲子園では登板しなかったよな？」

「そうだよ、あれ以来名前を聞いていないよな？」

千尋は次々に記者に囲まれ、

「いつから監督になられたんですか？」

「今日の試合は、海洲監督の手腕ってことでしょうか！」

矢継ぎ早に質問が飛んだ。だが千尋は、

「今年から自分たち桜堂高校の出番です。見ていてください」

そう答えると、青葉大附属のベンチにいる若き獅子に頭を下げ、桜堂ナインを追うようにグラウンドを後にした。

　若き狼が野球界に牙をむいた瞬間だった。


　止んでいた雨が降り出したのは、桜堂高校に戻ってすぐのことだった。青葉大附属とは似ても似つかないデコボコの校庭を横目に、ナインたちは体育館に集まる。バッティング練習をしようと意気込んではいたものの、雨が酷くなり、結局体育館でストレッチをすることになった。山に囲まれた盆地のため、天気の移り変わりが激しい。小雨ぐらいだったら濡《ぬ》れても問題はないが、近々夏季大会が始まるので今日は諦めろと説得した。早く梅雨が明けろと言わんばかりのナインたちのふつふつとした熱さ。煮えたぎる血液の赤みが増していき、一気に加速した感情が体育館に充満する。

　晃は、今だ、と予感した。

「ストレッチをする前に話があるんだ、皆集まってくれ」

　各々が疲れた身体を休めつつも、ストレッチを始めようとしたその瞬間、晃は声を掛ける。

　ナインたちは何事だ？　と首を傾げながら晃と千尋の前に集まった。

「今日の試合のことで、監督から一言あるそうだ」

　晃がそう言うと、ナインたちは千尋に、え？　と顔を向ける。今まで監督として千尋から何かしらの言葉をもらったことが無かったからだ。だが驚いたのはナインたちだけではなかった。当の本人である千尋も晃に顔を向けていた。聞いてないぞ、そんな声も聞こえてきそうだ。

だが晃は、にやりと千尋を見るばかりで何も言わない。千尋は、一度顔を伏せると、仕方ないと観念したのか、

「今日の試合はよくやった。今までで一番の出来だった」と話し始めた。

ナインたちの顔が一気に明るくなり、雨のじめりとした空気も爽やかさを取り戻した。

カリスマ指揮官の言葉は、ナインたちの胸の奥に突き刺さっているようだ。

「だが、俺たちが目指しているのは、こんなもんじゃない」

ナインたちは、今度は一気に顔を引き締める。

「福島大会で全勝。甲子園に行き、優勝旗を青葉大の代わりに東北に持ち帰って来る。それが俺たちの目標だ。そのために俺たちは、勝ちに勝ち続ける、分かったな！」

「はい！」

桜堂高校野球部の声が、雨音を跳ね返すように体育館に響き渡る。

晃は、これを待っていたのである。

信じている、監督を。

そして、自分たちの力を。

監督についていけば全ては叶えられる。一丸となったナインたちの赤くて熱い眼差しが千尋に向けられている。それは、晃の思惑が勝利した瞬間だった。

第三章

夏季福島大会

水の張る田から土の香りがする。

風が吹くと、新緑の苗が大きくなびき、大海原を作り上げる。

あと一週間もすれば蛙《かえる》の声が苗の海に響き始めるだろう。

六月の終わり、福島県の真ん中に位置する郡山市では、夏季大会の組み合わせ抽選会が行われ、晃は主将である宍戸と共に参加していた。教師になってから参加しているとはいえ、野球部の未来が決まるとてつもなく緊張する会に、晃は毎回胃が痛くなる。それでなくても県内の重鎮らが揃いも揃っているのだ、やはり千尋に来てもらえば良かったと、落ち着きなく辺りを見渡すと学法東北高校の名将田中聡太監督と目が合った。

「ご無沙汰してます」

晃は田中監督の前まで行くと深々と頭を下げる。監督に会うのはあの試合以来だった。初めはなめられたことに腹を立てていたのだが、あの試合をしてから桜堂高校への世間からの目というものが完全に変化したのも事実だった。

「聞いたよ、青葉さん相手に1対0だったそうじゃないか」

「いえいえ、どうも点が取れなくて困ってしまうんですが」

晃は、あははと頭をかく仕草をする。しかし、その謙遜が名将を逆なでしたのか、「まぁ向こうは初めから一軍が出てたみたいだし、うちもそうしていれば分からなかったけどな」などと変な返しをされたのである。

格下の桜堂高校相手に0対0の引き分けだったことが許せないのだろう。

別にこちらから二軍でお願いします、なんて言った訳でもないのに。

「今日は、海洲君は来ないのかな？」

「ええ、今頃グラウンドで練習してると思います」

ここに千尋がいたら、この名将に何と言い返すだろう。野球界に牙をむいた若き狼は、今までのように愛想良くはしないだろう。食ってかかっていただろうか。喚《わめ》き散らして抽選会を出入り禁止になっていたかもしれない。そうだった、自分はその狼を抑える役割なのだと、晃は気付き、落ち着きを取り戻す。

「大会、楽しみにしてます」

晃は、名将がまだ話し足りないという顔をしているのに気付いてはいたものの、その場を素早く後にした。狼ではないにしろ晃自身まだまだ若く、自分を律していられるか不安だったからだ。

出場校六十八校。夏季大会の抽選はシード校から優先で行われる。春季大会の成績で既にシード校は決まっており、優勝校はもちろん神光学院。大会で優秀な成績を残した学法東北高校もシード校になっていた。

その後にシード校を除くチームの抽選が行われ、予備抽選で六支部の代表者が抽選の順番を決めた後、本抽選で各校の主将がくじを引くことになっていた。


「やばい、皆に怒られる……」


郡山駅から福島駅までは新幹線で十五分とかからない。席に座るのも面倒で、晃は宍戸と共にデッキに立っていた。駅を出てものの数分でトンネルに入る。真っ暗な世界に轟音《ごうおん》だけが響いている。

組み合わせ抽選の結果、桜堂高校は神光学院とは遠く離れた反対側のブロックになった。順当に勝ち上がったとしても決勝まではぶつからない位置にいる。それはそれで良かったのだが、同じブロックには去年ベスト4だった会津《あいづ》広陵《こうりょう》が待ち受けていて、しかも初戦であたることになった。そしてすぐ隣のブロックには学法東北がいて、勝ち進めば四回戦・準々決勝であたる。会場を後にする際、田中監督に、

「では、次は四回戦で会いましょう」と不敵な笑みを向けられた。その言葉の裏には、そこまで勝ち上がってこれたらな、そんな意味があるのだろう。なんて嫌味でふてぶてしいのだ。そして無言の名将・神光学院の馬淵監督である。練習試合を断ってから会うのは初めて、いや、そもそも電話連絡だったので、直接会うのは初めてである。選手時

代に見たことはあっても、監督になってからは遠くからしか拝めない相手であった。晃は軽く頭を下げたのだが、馬淵監督は一目ちらりと見ただけで、それを無視した。その意味は何なのだろうか。

「はぁ」宍戸の大きなため息が、新幹線の轟音でかき消される。

「本当くじ運なくて、すみません」

「何言ってんだよ」

「でも、もっといいブロックあったのに……」

「そんなこと言うな。あいつらなら、結局は戦わないといけないんだから、遅いか早いかの問題だけだ、とか言うと思うぞ」

そうだ、桃李なら軽く笑い飛ばしているだろう。それに千尋だって同じことを言うかもしれない。他のメンバーだってそうだ。

この数カ月の間に桜堂ナインは変わった。個々の能力を高めるために練習に練習を重ねた。そしてその中心にはいつも桃李がいた。形振り構わず練習をし続けるやつがいるとチームが高まる。そして何物にも代え難いチームワークというものが出来上がる。

今の桜堂は強い。精神的にも成長したと言えるだろう。

新幹線の車内チャイムが鳴ると同時に急に眩しい光が目を差し、トンネルを抜けた。

窓向こうに青々とした田んぼの波が見え、四方八方を山に囲まれた生まれ故郷が見えた。

ようやく、本格的な夏が始まる。

1　エース対エース

　夜中、突然闇が襲ってきて眠れなくなる時がある。どんなに頑張っても眠れなくて、とりあえず目を無理矢理つむると変な妄想が頭を巡る。甲子園の魔物が関西から東北まで出張してきて、お前には何も出来ない、お前は絶対に変われない、身の程を知れ、と耳元で囁《ささや》くのだ。姿形が見えない、声のみの魔物は俺を付けまわして離れない。だから魔物の声が聞こえたら眠るのを諦め、庭に出て素振りを始める。こういう時に田舎で良かったと思う。隣の家が離れていて迷惑にならないからだ。そして朝日が昇ると日課である川沿いを走り始め、奥の神社までやってくる。走り足りないと感じたら、神社を通り過ぎた先にある橋まで走り、自宅へ戻る。その頃には甲子園の魔物も闇も消え、いつもの自信が戻っている。

　そして、いつも支えてくれるあの言葉を思い出す。

『何かが出来ないなら、他に出来ることを探せばいい。その出来ることの努力を惜しまず生きればいいんだ』

翔兄の言葉は、いつも俺を奮い立たせ、現実に引き戻してくれる。

俺には野球しかない。

だから野球を頑張る。

シャワーを浴び、キッチンへ行くと既に母さんが起きていて、朝食の準備がしてあった。

「あら、おはよう早いわね」

「そっちこそ」

「そりゃあ、息子の晴れ舞台ですもの」

「店、休むの？」

「お母さんだけね。お父さんは開けるって」

「そっか」

席に座って「いただきます」とご飯を食べ始める。

ここ数カ月で体重が五キロ増えた。筋トレも朝だけではなく夜も増やし、腰回りに筋肉がついた。一回り大きくなったおかげで腰も大きく回転し、球が速くなったと思う。それだけではない。身体を柔らかくするストレッチをしているおかげで肩の可動域が広くなった。今の状態でもスライダーを投げられると思うけど、二年まで我慢するように監督に言われた。スライダーは投げすぎると腕や肩によくないことを監督が身をもって知っているからだ。監督は長い目で桃李の将来を考えているのだと思う。桃李だけではない、桜堂高校の未来を。

「平日はお店休むの難しいから」

桃李の表情を見て、母さんは気を遣うように言った。

「うん、分かってる」

野球を始めてから父さんは一度も試合を見に来たことはない。桃李の朝は早く、夜は父さんが店に出て忙しい。母さんから色々聞いてはいるはずだけど、何も言われていない。野球を始めてから父さんとは殆ど話をしていない。野球をやることに賛成なのかも分からない。そもそもお前には出来ないと思っているのかもしれない。

何だか頭の中に色んな感情が巡り、急いでご飯を口に押し込んで席を立つ。

「もう終わり？」

「奈子に直接球場に行くって言っといて」

「ちょっと、そんなの自分で言いなさいよ、スマホ持ってるんでしょ」

母さんの言葉を無視して、玄関を出ると庭から抜いたヒマワリをカゴに入れ、自転車を漕《こ》ぎ始める。また甲子園の魔物が現れるのを誤魔化すように思いっきり。

本来なら高校からマイクロバスで球場へ向かうところを、桃李は一人自転車で向かった。一人では行動するなと言われていたけれど、大切な試合前に一人で行きたいところがあった。何度も通った道だから何を見なくても大丈夫だ。

初夏の山裾には色とりどりの花が咲き、果実の匂いが漂っている。桃の甘い香り。百日紅《さるすべり》のピンク色。田の新緑の瑞々《みずみず》しい匂い。山から流れる風は全てを緩やかに運んでくる。

自宅を出て三十分自転車を漕ぐと寺が見えた。古くもなく新しくもない。本当に一般的な寺。そんな場所に翔兄のお墓があった。

翔兄が亡くなった時に教えてもらって以来、桃李は何かあるたびにここを訪れていた。中体連の時も受験の時も、翔兄を前にすれば、初心に戻り、気合いが入ったからだ。

ヒマワリを片手に手桶《ておけ》を持って、規則正しく並んでいる墓の間をすり抜けて行く。

朝早いから誰もいないと思っていたのに、翔兄の墓の前に立っている男を見つけた。紺色の帽子をかぶり、白地に黒の縦線のユニフォームを着ている。

明日馬だった。

墓を見ていた明日馬も桃李に気付いたのか、顔を向けると、

「お前か」と声を出す。

何度も来ていたこの場所で、明日馬に会うのは初めてだった。

「いつも供花してたのお前だったんだな」

「お前こそ、ユニフォーム着て何してんだよ。神光はシードだから試合ないだろ」

「ばあちゃんに見せに来ただけだよ、その帰り。今日しか来れないからな」

明日馬の祖父母の家は、通っていた小学校の近くで、この寺からも近い場所にある。

桃李は、皺一つない縦線のユニフォームが恨めしくて、フンと鼻息を飛ばすと、持ってきたヒマワリを花立てに供えた。

だが、明日馬も明日馬で桃李の着ているユニフォームを無遠慮に見ているのに気付いた。クリーム色をベースに紫色の縁取りがされたユニフォーム。胸には『桜堂』の文字が刻まれて、袖には桜のワッペンがついている。小学生の頃、明日馬と共にカッコいいと何度も言っていたユニフォームだ。

「よく墓石の文字読めたな。ここ、あの時しか教えなかっただろ」

明日馬は、ユニフォームには何も触れずにそんなことを言った。

「一回来たら覚えるし」

「ふ〜ん。そういうもん？」

「場所を記憶するのは翔兄にコツを教えてもらって得意なんだ」

そんな桃李の声に明日馬は苦笑すると、

「お前、翔兄のこと好きだったもんな」とつまらなそうに言った。

それはどこか嫉妬しているようにも見えた。翔兄はお前の兄ではない、俺の兄だと言っているように。

線香は持ってきてないので墓に手だけを合わせる。明日馬はそんな桃李を見ていて、振り返ると目が合った。

「翔兄は俺の恩人だ。翔兄がいなかったら俺は野球をやらなかったし」

「だから、あの約束を守るって？　翔兄のために甲子園に行くって？」

「悪いかよ」

「普通はな、自分のために頑張るんだよ、その先に結果がついてきて、未来に繋がるんだろ。誰も他人のために頑張ろうなんて思わないんだよ」

「お前は自分の未来のために、桜堂に入らず神光に入ったってことか？」

桃李は睨みつけるも、明日馬は何も答えない。ただ言葉を発しようとしては何度も寸前で止める仕草をした。

何か言いたいことがあるのか？　だったら何故言わない。何を遠慮している。そんなのお前じゃないだろ。いつだって言いたい放題だったじゃんか。サッカーはやらない。ディスレクシアと視力が悪いのは同じだ。いつも言いたい放題で同級生に嫌われてもどこ吹く風だっただろ。なんで知らない奴みたいな遠慮した態度をとるんだよ。

朝が早すぎるからか田舎すぎるからか、辺りは静まり返っていて、車の走る音しか聞こえない。それも時々しか聞こえず、沢山の墓石が埋めつくすこの場所には二人の声だけが聞こえている。

「青葉大附属に1対0だったんだって？　夏の覇者相手に、凄いな」

明日馬は先ほどの問いには答えず、話題をすり替えた。

「は？　何も凄くないだろ、負けたし」

明日馬は何を思ったのか、フッと笑顔を見せる。その顔が小学四年の夏、一緒にいた頃の顔とかぶる。

初めて百メートルを競った日。

バッテリーを組み、キャッチボールをした日。

野球を始めた時、海洲千尋に戦いを挑んだ日。

「何だよ」いつもそばにいたのは明日馬だった。

「いや、相変わらず負けず嫌いだなって思ってさ」

「悪いかよ」

「悪かないさ、それこそ桃李っていうか、お前は変わらないっていうか……」

明日馬が言葉を止め、そんな明日馬の顔を、桃李は何だよと言いたげに覗き込むように見た。明日馬は、何だか悔しそうで泣きそうな顔をしていた。

先ほどから、どうしたのだろう。

明日馬は、自分を見ている桃李に気付いたのか、我に返る。

「お前のとこの監督、あの人なんだってな。海洲千尋選手」

明日馬の声に、桃李はにやりとする。

どうやら監督の噂は県内に広まっているらしい。それもそうだ。青葉大附属のグラウンドで、今年からは桜堂の出番だ、なんて大口を叩いたのだから、県内の猛者たちが目の色を変えたに違いないだろう。

俺たちを負かすつもりか。

受けて立ってやる、と。

だが、大口を叩くだけのことはあり、海洲千尋が監督になってから、桜堂高校の野球部は確かに変わった。晃が物足りないというわけではない。ただやはりエースで四番だった者の目の付け所、経験値というものは本人にしか分からない。そして監督の素質というものが海洲千尋には備わっている。監督が言えば皆がそれに従う。言葉数は少ないのだが、鶴《つる》の一声というのは、こういうことを言うのだとまざまざと見せつけられた。

桃李自身、学法東北との試合以来、海洲千尋を監督として信用しきっている。自分でも分からなかった肘の様子を的確に当てられたからだ。それでなくても尊敬していたエースナンバーの選手なのだ。

「うちに入れば良かっただろ。今からでも」

「行かない」

桃李の声を遮るように明日馬は答えた。有無を言わせない声だった。

高校野球では学校統合などのやむを得ない場合を除いて、転入後一年間は公式戦に出られない。引き抜きを防ぐことを考えて高野連（日本高等学校野球連盟）で定められているのだ。

だが、明日馬がそんな意味で言ったのではないことぐらい桃李も分かっていた。

「俺は、神光で戦う」

桃李は、フッと笑顔を見せる。

「何だよ」今度は明日馬が聞いた。

「そういえば、お前は頑固だったなって思ってさ」

「どっちがだよ」

「お前がだろ」

明日馬が神光に入ったと知った時、裏切られたと思った。今もまだ許せない。こいつさえいれば甲子園に行けると、翔兄の夢を叶えられると思った。でもそれは間違いなのだ。こいつがいなくても、一人で頑張らなければならない。それほどの強い意志をもっていないと、甲子園には行けず、あの甲子園に棲む魔物にも勝てないのだろう。

「決勝で待ってろよ、ボコボコにしてやるからよ！」

「受けて立つよ」にやりと笑う明日馬。

そして桃李は、翔兄の前で、昔からのライバルと別れた。


寺を出て、あづま球場に向かう。住宅街を走り、フルーツラインを走る。運動公園のアーチをくぐり、青々と葉が生い茂る並木通りを突っ走ると、晃がイライラと立っているのが見えた。

「お前ってさ、なんでそう勝手なんだよ」

どうやら既にメンバーの乗ったマイクロバスは着いているらしい。

「時間は間に合ってるだろ、身体動かしたかったんだよ」

晃はきつく桃李を睨みつけ、

「そうは言っても、事故とかあるかもしれないから、こういう時は団体行動をとるべきなんだよ」と言う。

「そんなの団体でもおきる時はおきるんだろ」

桃李のあぁ言えばこう言うのに諦めたのか、晃はため息をついて、

「もういい、中に入れよ、皆待ってるぞ」と促した。

桃李は自転車から降り、引きながら、

「なぁ晃」と声を掛ける。

「なんだ?」

「誰かのために何かを頑張るのっておかしいのか?」

晃は、あぁ? と桃李の顔を不思議そうにまじまじと見た。身長が伸びた桃李と晃は十五センチ以上も差があり、晃が桃李を見上げている。

「皆さ、頑張るのって自分のためにやってるのか? 誰かのために頑張ってる俺がおかしいのか?」

桜堂高校に入学し、甲子園に行きたい。それは翔兄の夢だった。もちろん今はそれだけじゃない、翔兄の夢は自分自身の夢にもなっている。だけど、そもそもは翔兄の夢だから自分の夢にもなったと言える。それに、俺はディスレクシアの希望になりたい。障害を持っていても、出来ることがあると証明してみせたい。偽善だっていい。綺麗ごとだっていい。俺が甲子園に行けば、皆の希望になれるんじゃないかってそう思っていた。でも、そんなふうに他人のために頑張る俺は間違っているのだろうか。間違っているから、青葉大附属や神光学院には、いや明日馬には勝てないのだろうか。

ふと目の前の球場に目をやる。

六年前と変わらない。市の外れにポツンとある球場だ。近くには川があり、吾妻山が見え、桃の木や田に囲まれている。交通は不便で、道には人影もない。それほど人里離れた場所にある。だけど桃李は六年前のあの日からずっと、ここに立ち、勝ち続けることを夢見ている。それもこれも、あのアルプスタンドで誓った翔兄の夢のためだった。

それなのに、その全ては間違いなのだろうか。

夢の中では姿形が見えなかった魔物が、今度は影として桃李の前に姿を現した。黒くてどこか冷気を持っている。

他人のために頑張っているお前は間違っている。

だからお前には無理だ。

甲子園に行ける訳ない。

再び襲ってくる魔物の影に、桃李は足を摑まれ、沼地にはまったように動けずにいる。

「何言ってんだ、自分のために頑張るのは当たり前だろ」

え？　晃の声に桃李は顔を上げる。

飄々とした晃の顔がそこにある。幼馴染である兄貴の顔だ。いつも桃李の危機に現れ、手を差し伸べてくれる頼もしい幼馴染。

「当たり前？」

「そうだよ。頑張る決断をして行動を起こすのは自分なんだから、自分のためにやるのは当たり前だろ。その当たり前に他人のためをくっつけるんだからプラスになるんじゃないのか？　一足す一は二みたいなもんでよ。別におかしくもなんともないだろ、プラスになるんだから」

「そっか」

「おう」

「そうだよな」

「おう」

「俺は、おかしくないんだな」

「おう。まぁ自転車で来るのは間違ってるけどな」

桃李の目の前にいたはずの魔物の影は、徐々に姿が見えなくなり、いつの間にか消えていた。

「晃ってさ」

「ん？」

「教師なんだな」

「はぁ？」

晃は呆れた顔をし、

「そうだよ、だから先生って呼べよな」

桃李から自転車を引き取ると、入り口に向かった。

あづま球場は俺を迎えるように開いている。

「さぁ行くぞ、皆がしびれを切らしてる頃だ」

「おう！　晃先生！」

初夏の風が吹き、青臭い土の匂いを運んでくる。桃李はそんな風を受けながら皆の待つ球場の入り口をくぐった。

2 会津広陵戦

桜堂ナインの夢を賭けた試合が始まる。

晃自身、高校時代にこの球場に何度か立ったことがある。だが教師になった今ここにいる意味はまるで違う。その一瞬一瞬に全力を掛け、負けてしまったら終わりという経験は、高校生のうちにしか出来ない。教師になればそれを見守る側になり、ましてやベンチに入ってしまえば手も足も出せない。

それに気付いたのもこの球場だった。

初めて監督として立った際の何も出来ないもどかしさ。もう二度とあの場所には立てないという悲哀。だがそれと同時に、自分の夢、甲子園への第一歩を踏んだ喜々とした気持ち。なんだか選手よりも情緒不安定な自分に、晃は苦笑する。

平日のあづま球場は閑散としていた。会津広陵の二軍選手が観客席にいる以外、外野スタンドの芝生で、近所の老人が日除《ひよ》けのパラソルをさして試合開始を待っているだけ。他には両校の内野側応援席に保護者がちらほらと見えるだけだ。

地方大会の一回戦なんてそんなものだ。吹奏楽部すら準決勝あたりから参加する。だが観客席には取材陣もいるようだった。相手の会津広陵を見に来たのだろう。それとも我らが桜堂高校を取材に来たのだろうか。既に千尋が監督になったことは県内に広まっている。あの海洲千尋が監督として母校へ戻って来た。これは福島の高校野球界が変わるかもしれない。今まで福島は神光学院の一強と言われていたが、今年は分からない。凋落した桜堂高校が返り咲くかもしれないと。

「おい桃李！」

赤名の声が響き、晃はハッと我に返る。

現在、グラウンドでは桜堂ナインの練習が行われており、端では桃李が赤名相手に投球練習をしている。

チームには、こいつがいればゲームがのるという人間が一人はいるものだ。桜堂高校ではそれは桃李にあたる。本人はまるで意識していないのだが、桃李が投げ、桃李が打ち、桃李が走り、桃李が声を掛ければ、ナインの士気が上がり、盛り上がるのは確かだった。桃李の野球への姿勢がそうさせているのかもしれない。

桃李が、皆を引っ張り、ゲームを引っ張り、甲子園へ連れて行ってくれる。

先ほど誰かのために頑張るのは間違っているか聞いてきたが、どこかの誰かからそんなことを言われたのだろうか。

でも誰かのために頑張れるやつは強いと俺は知っている。自分のためだけなら甘さが出て挫折しても、誰かのために頑張るやつは何度も這い上がって来るからだ。

そしてそんな桃李も、千尋がいれば、力を発揮できる。

晃は、あの夏の千尋の悔しさを思う。

本来なら東北に初めて優勝旗を持ち帰って来るのは千尋だったはずだ。それほどあの時の千尋は凄かった。誰もが手も足も出ず、野球の神様は完全に千尋の味方になっているとばかり思っていた。だがそれは間違いだった。

千尋の野球人生は一瞬で終わり、そして野球界からも消えた。でも晃は諦めなかった。エースで四番である千尋は選手時代から人を寄せ付けない一匹狼だった。だが一度だけ後輩に指導しているのを見かけた。的確な助言、ここぞという時に欲しい言葉を紡ぐ人心掌握術は、選手よりも上に立つ指導者に向いていると思った。そしてそこにカリスマ性が加われば、選手は嫌でも千尋の言うことを聞くだろう。

千尋を口説き落とした自分の判断は間違いではなかった。

ゲームを支配するエース。

そのエースを指導するカリスマ監督。

やはり今年は桜堂高校が甲子園に行かせてもらう。

嬉々《きき》とした思惑が頭を埋める中、練習時間終了のアナウンスが流れた。

「桜堂高校の皆さんは練習を終えてください。続きまして会津広陵高校の皆さんは練習を開始してください」

桜堂ナインがグラウンドに頭を下げ、ベンチへと戻って来る。それと同時に会津広陵ナインが頭を下げるとグラウンドに散らばり、練習を開始した。

観客席にいる会津広陵二軍の声援が場内に響く。地方大会の一回戦、固まっている身体が仲間たちの応援により、いよいよほぐされていくのが目に見えて分かる。それほど応援はチームの活力になるものだ。

「今日はどっちが出てくると思う？」

先ほどからベンチでウンウン唸っている奈子に声を掛ける。眉間に皺を寄せて唸っている姿は、桃李がよく言う猿に見えなくもないけれど、そんなこと口が裂けても言えないのでグッと我慢する。それにしても、奈子も桃李に振り回されている一人だけど、文句を言いつつも後を付けまわすのには、色々と理由があるのだろう。でも桃李はその理由を知ろうともしない。甲斐甲斐しい報われない思いは、本人だけではなく何だかこっちまで胸が締め付けられる。いい加減はっきり言ってやれと思うけども、奈子本人が桃李に言わないのだから、この言葉もグッと我慢するしかないのだろう。

「三年の加藤《かとう》選手が妥当だと思います」

「やっぱり加藤か……」

会津広陵は去年の夏季地方大会でベスト4の成績を残した。準決勝で神光学院にあたり、5対2で負けたのである。その際に投げていたのも加藤正吾《しょうご》だった。

中学時代の加藤は県大会で二度、無名の公立中学校を優勝に導いた投手だった。その名は会津若松《あいづわかまつ》市から福島市にまで轟《とどろ》き、晃自身もスカウトに出掛けた。だが「自分は地元で頑張りたいので」とけんもほろろに振られてしまった。もしかしたらうちが公立だから？　凋落した学校だから？　評判がた落ちだから？　なんていじけていたのだが、どうやら他校も同じようで、加藤は地元の会津広陵高校に入学した。

「でも例えば、うちに勝ったとしても、次に勝ち上がってくるのはベスト8のいわき西だろうから、そのために加藤は温存するんじゃないのか？」

「いいえ、多分桃李の件は会津広陵にも伝わっていると思うので、全力でやってくると思いますよ。それに桃李だけじゃなく、監督のこともありますので」

普段の奈子は桃李を追いかけている世話焼きの女の子というイメージだが、試合になると一気に変わる。頼もしい戦術に、晃とは違う分析力。それに奈子がけしかけてくれたおかげで、桃李は千尋を信用してくれた。もしあそこで二人の仲がこじれていたら、桜堂の復活はなかっただろう。奈子がよく人を見ているからだと思う。

「ってか、部長、うちに勝つってどういう意味ですか？　勝つのは桜堂なんですよ。部長自らそんなことでどうするんですか！」

「あ、はい。すみませんでした」

ベンチの片隅で女子高生アナリストに怒られてる部長は自分ぐらいしかいないだろう、そんなことを思いながら晃は気合いを入れ直した。

奈子が言った通り、先発は加藤正吾だった。それほど桜堂高校を警戒してくれてるのか、と嬉しくも思うのだが、それと同時に勝利への一歩が険しくなったとも言え、晃はここにきて先日のくじ運を呪っていた。

「皆、すまん。俺のくじ運が悪いばっかりに」

晃同様に主将である宍戸がベンチで項垂れる。だが、そこで声を掛けたのはやはり桃李だった。

「結局戦わないといけないんですから、遅いか早いかの問題だけですよ。いつものようにやれば、なるようになりますよ」

「そ、そっか、そうだよな」

桃李の一声でベンチ内の空気が変わったその時、主審の「両校、整列！」の声が聞こえた。

選手たちがホームベースに向かう。

今回、桃李は10番の背番号を背負っている。バッテリーを組む赤名も18番の背番号をもらっている。というか桜堂高校は人数が少ないため全員ユニフォームが着られるのだが、その中でもレギュラーに一年生が四人いる。桃李、赤名、香取に吉池である。同じ中学の悪ガキたちはいっぱしの腕前でレギュラーを勝ち取った。

両校が互いに挨拶し、主審に挨拶する。桜堂高校が後攻になり、桃李がマウンドに、赤名がキャッチャースボックスに上がると、会津広陵サイドの観客席がざわついた。

体格の良さに驚いたのだろう。二人は数カ月前まで中学生だったとは思えない身体つきをしている。桃李に関しては先日の身体測定で百八十六センチになっていた。多分、あと数センチは伸びるだろう。そして赤名の身長は百八十二センチ、体重は九十キロ近い。しかもその体格で五十メートル5・8秒なのだから驚きだ。

赤名も色々とあったが、吹っ切れたのか、今はもう桃李とのバッテリーとして落ち着いている。これだけの才能が埋もれなくて良かったとしみじみ思う。

レギュラー陣の名前が場内アナウンスで聞こえ、短いサイレンが鳴ったその時だった。観客席からざわめきが聞こえ、桜堂ナインも会津広陵ナインも、何事だと顔を向ける。と、そこには青葉大附属の選手たち、そして神光学院の選手たちが立っていた。

「あれ、青葉大じゃん」

「神光学院もいるぞ」

「何でいるんだよ」

桜堂高校だけではない、会津広陵のベンチからも声が上がる。

宮城県と福島県の大会日程はズレているので練習の合間に視察に来たのだろう。あづま球場は青葉大附属のある仙台市から一時間もあれば着く距離にある。

神光学院もシード校のため今日の試合はない。二回戦から出場になるのだが、注目の戦いを見に来たのだろうか。

夏の覇者と春の覇者両校も、互いの存在に気付いたようで、互いに小さく会釈している。バックネット裏の席には異様な空気が渦巻いていた。

その様子を桃李はマウンドから見ていた。

何でここにいる俺を無視してんだよと唇を嚙《か》みしめる。

覇者同士の無言の戦いに、桃李の負けず嫌いの一面が出た。そしてその集団の中に明日馬を見つけた。

何だあいつ、ここに来る途中だったんじゃねぇか。

そんな思いと、その牽制《けんせい》の中に、あいつがいる悔しさだった。

だけど、もうあいつは俺の知ってるあいつではない。俺だってあいつの知ってる俺ではない。

「桃李、何してんだ、集中」

プロテクターをつけた赤名が、マウンドまでやってきて桃李の尻を叩いた。

「おう！」

見てろよ、明日馬。

その涼しい目で俺の全てを見届けろ。


一回表・初回から桃李は飛ばしに飛ばす。甲子園に行くまでに六回勝たなくてはいけない。初戦でグズグズはしていられない。

だが、そこはベスト4の会津広陵である。今年こそは我らがと思っているのは同じようで、初回から負けじと桃李のストレートに手を出してくる。だが、低いキレのいい球が多く、かすりもせずに三者凡退で終了した。打者たちは首を傾げながらベンチへと戻っていく。会津広陵ベンチでは選手同士で会話が交わされている。桃李の球の様子を話しているようだ。

一回裏・桜堂高校も三者凡退だった。二、三年生打者たちは加藤の投球に手も足も出なかった。

「あれは、やばいぞ」

主将である宍戸は捕手ではなくライトを守っている。投手である木内がマウンドに上がる際に捕手へ戻すつもりでいるのだが、強肩を買われて外野を守っているのである。

「やばいってどんな風にですか？」

「球が速すぎて全然見えない」

加藤選手の投球は桃李同様にスピードが持ち味である。春季大会では140キロを平然と投げていた。

身長はそれほど高くはないが、上半身がしっかりとしていてブレがないため、速さ勝負で打てなかった。その上スライダーになると途端に球が歪み、位置が読めなくなる。まるでマジックを見ているようだった。現に加藤のスライダーはマジックスライダーと呼ばれている。

「だけど打てない訳じゃない」

そんな宍戸の声に、ベンチ一同、落ち込んでいた顔を上げた。

先日、青葉大附属との一戦があってからバッティングを強化した。晃の代から使用していたピッチングマシンは壊れており、晃は新たに購入を考え、教頭そして校長にその交渉をしていた。もちろん教頭はいい顔をしなかった。というか教頭は千尋が外部監督になるのすら嫌がったのであるが、そこは菩薩のような校長が、まぁまぁと言ってくれた。だがピッチングマシンになると、それなりに値が張ることもあり、校長も渋っていたのだ。そんな校長に連日訴えたことでようやく手に入れることが出来た、という経緯もあり練習量が増え、選手たちの打撃は上を向いたのである。

マスクを取った赤名が桃李に駆け寄る。どこか上ずっている桃李を励ますつもりなのだろう。

「2B《ボール》1S《ストライク》、球は走ってるから、焦るな」

「あぁ、分かってる」

桃李は球をギュッと握った。

まだ始まったばかりじゃないか。何を焦っている。

赤名の言う通り、桃李は少しばかり気持ちが逸り、浮足立っていた。明日馬が見ているのが影響しているのかもしれない。バッテリーを組む赤名には全てお見通しのようだ。

「なぁ、赤名」

「おう」

「そろそろ俺の運を使ってもいいだろ」

桃李はアイスの運のことを言っていた。ここで自分の全ての運を使ってもいいだろうと言っているのだ。

「バカ言うな、まだだ。まだこんなところじゃ使わせねぇよ。お前の運は、ここぞってところで使わせてもらうんだ、こんな序盤じゃ使わせねぇ」

赤名は、フッと笑顔を作ると、マスクをつけ、キャッチャースボックスに戻った。

あぁそうか。そうだよな。まだだ。俺はまだここに立ったばかりなのだ。

桃李は、改めて赤名がここにいてくれて、もう一度野球をやると言ってくれて良かったと、心から感謝した。

二回、三回、四回表裏に動きはなかった。打てない訳ではないと分かっていても中々打たせてもらえなかった。それは会津広陵も同じで、明らかに焦っているのが手に取るように分かった。自分たちは去年ベスト4なのだ。春季大会でも同じぐらいの位置にいた。その俺たちが何故打てないのだ、という苛立ちやプライドが伝わってくる。
桃李は、赤名のサインに何度も首を振り、ようやく頷いた。赤名からは全くとイラついた声が聞こえてきそうなくらいだ。
頑固で扱いにくい男の球は、同じように扱いにくいようだ。
B3
S2
桃李はフルカウントでも物ともせずにストライクを取っていく。
なんという勝負強さなのだろう。

だが、五回表、動きがあったのは試合慣れをしている会津広陵だった。先頭打者は三振。二番打者にヒットを許した。叩きつけた球が跳ね、サードの倉持の頭上を越えたためである。そしてそこから盗塁を許し、三番打者にバントを決められた。次の打者は四番。ミスをしたサードの動揺を狙ったのか三遊間を抜けていき、タイムリーとなり一点が入った。その後、会津広陵は追加点を狙おうとしたのだが、気合いを入れ直した桃李からは追加点が取れず、一点で五回表は終わった。

五回裏・桜堂高校の攻撃。

しかし、点を取り返すことは出来ず三者凡退。十分間のクーリングタイムになった。ベンチでは、桃李の首の裏や右肘に氷嚢《ひょうのう》を置く木内の姿があった。投手同士だからか、疲労の具合が分かるのかもしれない。

三振を取り続ける消耗。それに何と言っても盆地の夏は暑い。じりじりと迫る太陽が桃李を疲弊させる。グラウンドの芝生や土から陽炎が出ているのが見える。それどころか桃李の皮膚からも湯気が立っている。

「大丈夫か？」

木内が声を掛けると、言葉を発することでさえ疲弊するのか、桃李は小さく頷く。

「まだ行けるか？」

木内は後ろには自分がいるからな、そう安心させるつもりで言った。でも木内は桃李と自分の力の差を分かっていた。どう考えても桃李の方が上だ。二年多く練習してきたというのに桃李にはまるで歯が立たない。でもだからと言って悲観しているわけでもない。とにかく今の面子《メンツ》で甲子園に行きたいのだ。

「こんなの、今までの練習に比べたら屁《へ》でもないですよ」

学法東北との戦い以降、監督の命により練習メニューが変更された。今までの倍以上の走り込み、素振り、腕立てに腹筋。それに加えて内野のアメリカンノック。またそれがきつい。サードから始まり、続いてショート、セカンドと時計回りに打球を受けていく。一球でも外したら初めからやり直し。連続で十球捕れたら終了。桃李は投手なのだから断れるのに、「皆がやってるんだから」と言って受けていた。そのせいで、いや、おかげで他の選手たちは文句も言えず、渋々と監督の打つ球を追いかけた。投手自ら受けているのに本業である自分たちが受けない訳にはいかない。だがそれは本当に厳しく、過酷で、最後の方は足が立たないほどだった。

「まぁ、だよな」

木内は負けず嫌いの桃李の答えに頼もしさを感じる。自分が一年生の時、こんなにも堂々としていただろうか。いや、していなかった。ただただ球場に立てたことが嬉しくて舞い上がっていた。平常心を保てるようになったのはつい最近のことだ。

木内はスポーツドリンクを口にする桃李を見るとフッと笑った。

「皆、ごめん、俺がミスしたから」

サード、二年生の倉持が肩を落としている。自分がミスを犯したために、一点が入りチームが危機に陥ってると思っているのだろう。次期主将と名高い倉持は、普段から温厚で一年生からの人望も厚い。そんな倉持が落ち込んでいるからか、メンバー皆が慰める。いや、倉持でなくても、今の桜堂ナインならば誰のことも責めずに、声を掛けるはずだ。

「あのバウンドは誰でも厳しいだろ、俺でも無理だ」

主将である宍戸が励ますと、

「そうですよ、あれは無理っす」

内野手である香取や吉池が同調する。だが次々にメンバーに慰められたのが反対に堪《こた》えるのか、倉持の肩が益々落ちていく。

「それにほら、俺がくじ運悪かったからさ」

倉持が立ち直れないのを知ると、今度は主将自ら自虐を使って励まそうとする。だが倉持はそれでも復活出来ず、自虐したはずの宍戸すら肩を落とし始めた。

このまま試合が動かず、一点も取り返さなければ、全ては終わってしまう。今までもそうだった。いくら練習しても、いくら頑張っても、いつも初戦で負けていた。今回もそうなるのかもしれない。だって今までだってそうだったじゃないか。

桜堂ベンチの空気が、重たさで押しつぶされそうになった時だった。

「大丈夫っすよ、倉持さん。俺が打たれなきゃいいんですから」

どんよりしたベンチに光を差したのは、やはり桃李だった。

「でも、サードがやれたから、また今度もイケるって思われるのは癪《しゃく》だから、気合いは入れていきましょう。だって俺たち、あの練習こなしてきたんですよ、絶対行けますって。でしょう？」

桃李は先ほど木内に言ったことを今度は倉持にも伝える。

「あぁ、そうだよな。うん、そうだよ」

練習をすることには色んな意味がある。技術をアップさせるため、そしてこの練習量をこなしたのだから、おれたちは大丈夫だという自信をつけさせるため。

「宍戸さんも」

「お、おう、そうだよな。戦うのは遅いか早いかだけだもんな」

「そうっすよ」

晃は何だかおかしくなって笑みがこぼれた。これは俺の知ってる桃李なのか？　俺がオムツやオネショの始末をしたあの赤ん坊なのか、そう思うと何だかおかしくなった。

「桃李、次はもう少し高めに行こう」

倉持や宍戸が持ち直したその時、監督と奈子と話していた赤名がメンバーの集まるベンチ中央にやってくる。

「高め？」

「あぁ、今日の審判はストライクゾーンが高めだから上げても問題ない。だからここで変えるのも手だと思うんだ」

赤名に続いたのは奈子だった。

「そろそろ桃李の球にも慣れてきた頃だから私も賛成だよ。それに今までの打撃を見ると、高めの球はそんなに得意そうじゃないんだよね」

奈子の分析によると、会津広陵は元から桃李が得意とする低めのストレートに自信があるようだった。それでも速さがあったため打てなかったのだが、五回まで進み、速さに慣れたため打たれ始めたという。

「自分が思っているよりも少し高めがいい。それでも審判は許してくれる」

そんな監督の声に、桃李は、

「わかりました」と返事をした。

今日の千尋はいつも以上に無口だった。グラウンドに入れば全てはナインに任せると思っているのだろう。だがそれでも、ここぞと言う時はグラウンドに指示を出していた。

十分間のクーリングタイムが終了し、六回表から再開する。

監督の前に選手が集まり、声を待つ。

「お前たちの力、見せつけてこい」

それだけを言うと、監督はベンチに戻った。残された選手たちで集まり、円陣を組む。

「次、誰の番だっけ」

宍戸が肩を組みながら言う。

円陣の掛け声は、全員の順番が回るようにしようと話し合っていた。その方がレギュラーとベンチの隔たりが無くなるだろうと宍戸が言ったからだった。

「じゃあ、俺行きますわ」

なぜか名乗り出たのは吉池だった。吉池は、喉の調子を整えると、

「お前たちの力、見せつけてこい」

作り込んだ渋い声をわざと出す。

「お前それ、監督の真似《まね》だべ！」

円陣の中は失笑で溢れ、そんな賑やかな笑い声に、空気の重い会津広陵ナインたちが何事かと顔を向ける。

「ねぇ、似てたっしょ？　今の似てたっしょ？」

緊張がほぐれた桜堂ナインは、吉池を無視し、各々が守備位置へと向かった。

1対0。

桃李は言われたとおりに高めのストレートやチェンジアップを組み合わせながら球を放つ。先ほどとは違う球の位置に見逃すも、それがストライクと知ると二回目は振っていく。だが当たらない。三回目も同じ高さなので振っていく。だが当たらない。五回表では見なくなったはずの困惑した顔が、再び会津広陵に浮かび上がる。まただ、また打てなくなった。なんなんだよ、と。

桃李は身体全体をバネのように使う。高い身長を活かした角度のあるストレートを投げ、指の付け根で転がすようにすればチェンジアップになる。

晃は以前、投球は指の第一関節の力が重要であると論文で読んだことがある。バックスピンをかける時に力が必要だからだ。確かに、桃李の指はしなやかだ。そして大きくよく動く。

会津広陵ナインは、ストレートなのかチェンジアップなのか分からず、しかも先ほどとは変わって高めの位置なので打てずにいた。

しかし、それは桜堂高校も同じだった。

加藤正吾投手の投球に、手も足も出せないのだ。

クーリングタイムでの戦術では打撃の指示もされた。加藤マジックに踊らされるな。

それが監督からのアドバイスだった。

「何ですか、それ」

そんなことを言っても無駄だ、それ以上監督からの指示はない。要するにそれしか言えないということ。だが奈子からのアドバイスに耳を傾けようやく理解する。

「結局、スライダーは全て見逃せってことよ。加藤正吾のスライダーはやっぱりマジックなのよ。ストライクに見えるけどボールのことが多い。スライダー球でストライクを取れる人はそんなにいない。だから明らかにスライダーを投げた時は見逃すのが得策なの」

それが監督と奈子からのアドバイスだった。

だが七回裏になり、加藤はスライダーを投げるのを止めた。ストレートとチェンジアップの組み合わせ、要するに桃李と同じ球種を繰り出したのである。

これには監督がすぐに動いた。選手に高めの球を狙えとサインを送る。桜堂高校は高めの打撃練習もしっかりとこなしていた。

そして七回裏・三人目、二番の倉持が球に引っかけるように当て三塁ゴロになった。会津広陵のサードは球を止めたのだが見失ったのか、自分の足周りをぐるっと回転し、ようやく見つけ一塁に投げようとするも、倉持は既に一塁ベースを駆け抜けた後だった。

先ほどのミスを挽回《ばんかい》し、倉持は腕を高らかに上げる。

二死一塁。

四人目、三番の宍戸。バントにするべきだろうか。いやでも二死なのだ。宍戸はベンチを振り向くと監督のサインを読み取る。なるほど。そして帽子を触り返事をした。

宍戸がバントの構えを取る。会津広陵は前進守備に変える。とその時、一塁にいた倉持が二塁へと走る。

通常二死一塁から打撃のみで得点を狙うのは単打三本か長打一本が必要である。だが、リスクがあったとしても盗塁で進める方が得点率は高い。

倉持の博打《ばくち》気味の盗塁は成功し、二死二塁となった。そしてなんと宍戸は四球を選び一塁へと進んだのである。

二死一、二塁。

次、四番の赤名。

赤名はベンチで監督からの指示を受けていた。思いっきり振ってこいと。

加藤投手は一塁にいる宍戸に偽投し牽制する。しかし集中している宍戸も負けてはいない。

赤名は、加藤投手が繰り出す、高めのストレートとチェンジアップを見極めていく。

そして三球目に手を出した。

目が覚めるような心地よい音が聞こえ、お手本のようにセンター後方へ球は抜けていく。二塁にいた倉持は走りに走り、三塁ベースを踏むとそのままホームベースへと走っていき、返球は間に合わず桜堂高校に一点が入った。

「やったやった！」

「これでさっきのはチャラだろ」

「倉持さん、足速すぎるし！」

興奮から腕を振りベンチに戻って来る倉持の頭をメンバーたちがもみくちゃにする。

結局その回は桜堂高校が一点を返し、1対1で終了になった。


桃李と赤名、このバッテリーのサインは長い。桃李がディスレクシアのため、まず赤名は点数とカウントを伝え、その後、球の種類を伝えるためだ。なので、相手から見えたとしても、それが何を意味しているかは、まず分からないだろう。

桃李は、赤名のサインに何度も首を振り、そしてようやく頷いた。回転数の少ないチェンジアップで三振を取った。

八回も同じように両校気迫のこもった試合運びだったものの、得点には繋がらず九回表の攻撃が始まった。

1対1。

もしも九回で両校ともに点が入らなかった場合、十回からタイブレークが適用される。

だがそれだけは避けたい。

地方大会の初戦とはいえ、両校の凄《すさ》まじい試合運びに、観客も取材陣も固唾をのんで見守っている。そして夏の覇者、春の覇者の面々もその行方を見守っていた。

もはや誰も桜堂高校を凋落したとは言わないだろう。明日の地元新聞の見出しは、『復活の兆しの桜堂高校』だろうか。いや待て、喜ぶのは早い。まだこの回を守り抜かねば、そして点を取って勝たねばならない。

晃は自分が浮かれていることに気付いた。ナインたちはどうだろうかと表情を見る。だがナインたちの集中力は切れておらず、鬼気迫る顔をしていた。これなら大丈夫だ。やはり、勝つのは俺たち桜堂高校だ。そうに決まっている。

先頭打者の打球は一塁打。だが二番打者の時だった。一塁走者の盗塁を見破った赤名は二塁へと送球をするのだが、焦りからか悪送球になってしまい、球はセンターまで流れてしまう。そして一塁走者は三塁まで進んだのである。

一死三塁。会津広陵の打者はバントの構えをし、打った。赤名は自分の前に転がった球を拾うのだが、三塁に投げるか躊躇《ちゅうちょ》し、遅れをとっている間に打者は一塁ベースを踏んでいたのである。

桜堂高校に焦りが見えてきた。

桃李は、マウンド上からスカイブルーの空を見上げ、荒れた息を整えるために目をつむった。

苦しい。苦しくて仕方がない。

試合ってこんなにも苦しいものだったか。

今まで味わったことのない苦しさに、脈打つ音が自らの耳にも聞こえてくる。

こんな時、思い出すのは、やっぱりあの場所だ。翔兄の葬式を抜け出して向かった甲子園球場。

蝉の声。

トランペットの単独音。

観客たちの掛け声。

魔物を作り上げるスタッフたち。

やはり俺は、魔物に取りつかれているのか。

目をゆっくりと開け、観客席に目を向けると、そこにはあいつの姿があった。

明日馬の眼差しは、真っ直ぐにこちらに向けられている。

そんなところで何してる、ここまで上がってこいよ。そう言っているかのように。

分かってる。まだだ、まだ負けられない。こんなところで負けるわけにはいかない。

俺は甲子園に行くんだ。

桃李の様子に変化があったその時、今までずっと腕を組んでいるだけの監督が動き、伝令を出した。

焦りに焦っている赤名。そして疲れがピークにきている桃李。他のメンバーたちも疲労で限界の中、マウンドに集まる。伝令にやってきたのは木内だった。

「監督から伝言。お前ら、今のままの試合をするなら、学校に帰ったらアメリカンノックするぞ、だってさ」

「うげぇ」とメンバーたちは顔をしかめ、ベンチをちらりと見る。

監督は、涼し気な顔をしていた。

あの地獄のようなノックを受けるなら、連続であと一試合をやった方がまだマシなぐらいだ。

「あと晃部長からは、帰ったらアイスおごるから頑張れよだって」

なんという飴《あめ》と鞭《むち》なのだろうか。異常に暑いグラウンドの中、キンキンに冷えたアイスクリームに思いを馳《は》せる。

というか、これが最終回、ピンチの時の伝令なのだろうか。伝令を遣うのは、監督からの伝言の意味もあるのだけど、流れを変える意味もある。

「あ、ただし桃李は、小三の時のオネショのこと皆にバラされたくなかったら、頑張れよだってさ」

疲れていたはずのメンバーが一斉に桃李に顔を向ける。

「まじか」「小三まで」という声も聞こえた。

「いや、ちょっと待て、なんだよそれ、ってかもうバラしてるじゃねぇか！」

ジトっとした目のメンバーたちは、少しずつ桃李から距離を取る。

「じゃあ、そういうことで」

木内は、俺の出番は終わりとマウンドを後にする。

「ってか、小学生の時の話だぞ！　今じゃないからな！　いや待て、それが伝令なのかよ！　ふざけんなよ！」

距離を取ったメンバーたちも、各々マウンドを離れ自分のポジションに戻る。赤名は笑いを噛み殺しながら、桃李に駆け寄り耳打ちした。

「わりぃ、気合い入れ直す」

桃李は「分かってる、俺も入れ直す」と赤名の尻をグローブで叩くと、二人で後方にあるスコアボードを見上げた。

マウンドに立つ桃李と赤名の二人の姿。バッテリーは息を合わせ、深呼吸を一回、二回、三回とする。

場内はそんな二人を見守るように静まり返った。

そして他の桜堂ナインたちも同じように深呼吸する。

焦《じ》れていた気持ちが落ち着きを取り戻していくのが分かった。

「よし、行くぞ」

「おう」

赤名がキャッチャースボックスに戻り、桃李がロジンバッグを手に取ると、白い粉が辺りに舞う。

まるで雪のように。

でも今は夏で、行われているのは甲子園へ行くための大会だ。

一死、一、三塁。

まだだ。まだまだ俺は戦いたい。これは初戦なのだ。もっと戦わせて欲しい。もっとこの場所に立ち続けたい。

そして明日馬と戦いたい。あいつと投げ合い、競り勝ちたい。

赤名からサインが出るも、桃李は何度も首を振る。そしてようやく思っているサインが出て、にやりと笑うと、頷いた。

桃李は、キャッチャースボックスに向け、球を放った。

だが次の打者は四番。桃李は初球を打たれ、球は三遊間を抜けていく。その間に三塁走者は余裕をもってホームベースを踏んだ。

その後、二塁と一塁でアウトを取り、九回表は終了した。

2対1。

泣いても笑っても、点を取らなければこの回で試合は終わる。しかも二点取らなければ次にはいけない。

全てのゆく末は、神のみぞ知る。

だが、打順一番目の倉持は、三振で終わる。

「監督、アドバイスお願いします」

次の打順は宍戸だった。宍戸は監督にアドバイスを求めるのだが、

「お前の三年間をぶつけていけ」

それしか言わなかった。

そんな分かりきった助言に、晃は苦笑いするのだが、宍戸は「三年間」という言葉をグッと噛みしめているようだった。今の三年生が一年生の時、桜堂高校野球部は人数が少なくて練習試合もままならなかった。そのため、サッカー部やバスケ部に頼み込んで運動神経のいい選手を借り、公式試合に出ていた。だが、練習量の少なさから試合は直ぐに負けていた。二年生になっても人数が少ないのは変わりなく、今年ようやく野球部として機能した。しかも会津広陵というベスト4相手に、一点差まできている。感慨は

ひとしおだろう。

宍戸はバッターボックスに向かい、メンバーはその様子を目に焼き付けた。

だが初球をかするも、捕手のミットに収まりアウトにされた。

二死無走者。

もう次でアウトになれば終わる。今年の夏が終わる。

だが次の打順は四番の赤名だった。頼れる一年生。迫力のある巨体がバッターボックスに立ち、またもや観客席がざわつく。

先ほど、ベンチに待機していた赤名は監督には助言を求めずに奈子に求めた。

「高めと低め、どっちにくると思う」

白いバッティンググローブをつけながら赤名は聞く。

「低め。しかも外角低め狙い」

「何で」

「赤名が苦手なの見破ってるから」

赤名は、奈子の顔を見下ろすと鼻息を飛ばし、

「了解」そう言うと、今度は桃李に顔を向け、「絶対にお前に回す」とネクストバッターズサークルに向かった。

多分、赤名は自分のミスを引きずっているのだと思う。それに遅れて入部した負い目

もあるのだろう。絶対にここで決めてやる、ここで役に立たなくてどこで立つと意気込んでいる。

奈子の読みは当たった。

加藤正吾投手は赤名の苦手な外角低めを狙いにきた。初球は見逃し、ストライクが入る。だが二球目だった。赤名は加藤が投げた瞬間、ヒッティングからバントの構えに変えたのである。見守る一同が驚愕《きょうがく》の顔をする。なぜここでバントなのだ、と。塁には走者はいない。しかも二死。

球は当たり、三塁手前に転がった。だが内野手は赤名が打ちにくると思っていたため外野寄りに守っていた。

投手と捕手が慌てて球を追いかける。結局捕手が拾い、一塁へ投げようとする。だが赤名は既に塁を踏んでいたのである。

「なんであの図体《ずうたい》で、あんなに足が速いんだよ」

赤名は巨体の割に足が速い。メンバー内でも香取と吉池に続いて三番目に速いのである。会津広陵の選手たちもそれは頭に入っていただろうが、まさかこの展開でバントをし、いちかばちかの賭けをするとは思いもしなかったのだろう。

赤名はネクストバッターズサークルにいる桃李に手を挙げる。俺はやったぞ、そんな意味があるのだろう。それとも、お前も俺に続けよな、そういう意味だろうか。

二死一塁。

危機からはまだ逃れていない。次に点を取れなければ終わり。塁に出なければ終わり。初戦敗退。

晃はバッターボックスに向かう桃李に顔を向ける。頼もしい後ろ姿。数カ月前まで中学生だったとは思えないほどだ。先ほどベンチを出る際に、桃李は千尋にも奈子にも助言を求めなかった。心配になった晃が声を掛けた。

「大丈夫か？」

「なぁ晃、覚えてないか」

桃李は陽炎の出るグラウンドを、目を離さずに見ていた。

「何が」

「一点差の二死一塁」

それは千尋が率いたあの夏。桃李と明日馬が始球式を行ったあの試合の最後とよく似ていた。あの時は1対0の一点差で二死一塁だった。

「俺は打つよ」

今まで桃李は一度もそんな宣言をしたことはない。でもこれはカッコつけでもなんでもない。ただ打たなければいけない。ここで打たなくてどこで打つのだ。そう自分に暗示をかけているようにも見えた。

カキーン。

心地よい音が晃の耳をつんざいた。

どこにその力が残っていたのか、その試合投げ続けている桃李が初球を打った。一塁にいた赤名は、今までに見たことのない速さで二塁ベースを蹴り、三塁ベースを目指す。そして打った本人である桃李が一塁ベースを蹴ったその時だった。右腕を上げた。ガッツポーズではない。人差し指を太陽に一直線に向けている。それはあの日、千尋が打った時と同じポーズだった。

そこまで飛んでいけ。

桃李の放った打球は、そのまま観客席の向こうへと落ちていった。

桜堂高校のユニフォームの袖に咲く桜は、東北に花を咲かせよう、そういう意味を持っている。

我々桜堂高校は、花を咲かせるための一歩を踏んだ。

3　甲子園の魔物

「まさか、会津広陵が初戦敗退だなんて」
「桜堂の監督は、あの海洲千尋らしいぞ」
「あのバッテリー、去年まで中学生だったのかよ」

去年ベスト4の会津広陵が初戦敗退した。しかもここ数年なんの成績も残していない高校に敗れた、と桜堂高校の名は県内を巡る。いや学校名だけではない。海洲千尋の名、そして円谷桃李の名までもが県内に広まった。

唯一、福島の覇者・神光学院が倒せなかった男、海洲千尋が戻って来た。しかも140キロ後半を投げる一年生を引き連れて戻って来た。

桃李は会津広陵戦で140キロ後半を当たり前に繰り出していた。時折150キロ台も出しており、そのたびに観客席からどよめきが起きていた。140キロを出す投手は県内でも何人かいる。だが140キロ後半、そして150キロ台になると県内には中々いない。ましてや桃李はまだ一年生なのである。

会津広陵戦の後、青葉大附属ナインは「甲子園で会おう」と桜堂高校に檄《げき》を飛ばした。

だが、その内心では、今年も甲子園の旗を持ち帰るのは自分たちだと信じているのだろう。もちろん、それに待ったをかけるのは、我々桜堂高校である。

「受けて立ちますよ」桃李はそう答えた。

一方、神光学院ナインたちは、言葉を交わさずに頭を下げただけで会場を後にした。去り際、鋭い目つきを向けられた気がしないでもないけれど、それはいつだったか明日馬を追いかけた日に会った先輩たちなのかもしれない。あの時のあいつじゃねぇかよ、そういう意味で。だが当の本人である桃李の目は、明日馬に向けられていた。

明日馬は、ただフッと笑顔を見せ、さすがだなと言いたげな顔をしていた。

まだだ。これからの桜堂を見てろよ。桜堂に入らなかったことを後悔させてやる。

桃李は、額から流れ続ける汗を拭った。

二回戦は、いわき西高校との戦いになった。

県立いわき西高校は去年ベスト8。桜堂高校同様に公立高であるためどことなく親近感がある。だが、さすがはベスト8である。そう簡単には勝たせてもらえなかった。いわき西は打たせて取るが信条で、桜堂の打撃は点に結びつかなかった。だがそれは、いわき西も同じだった。というか桃李は打たせもしなかった。会津広陵との戦いを制した桃李はのりにのっていた。時折出していた150キロ台の投球は増え、そのスピードに、いわき西ナインは手も足も出なかった。だが会津広陵戦を制した勢いはどこにいったのか、桃李以外の桜堂ナインたちは、どこか上の空だった。

クーリングタイムの際、そんな桜堂ナインに喝を入れたのは、監督でも部長でも、ましてや奈子でもなかった。桃李は、坊主頭から流れる汗を拭いながら、

「俺たちの目標は、会津広陵に勝つことでも神光学院に勝つことでも甲子園に行くことでもないです。甲子園で優勝することです。こんなところで足踏みしている余裕はないんです」

ベスト4の会津広陵に勝ち、燃え尽き症候群になっているナインに、桃李は喝を入れたのである。あ然としたナインたちは、そうだ、そうだよな、と次々に声を上げる。

その後、会津広陵戦で大人しかった香取と吉池のコンビが打ち、二点が入る。そして八回にも同じコンビが打ち、再び二点が追加された。

二回戦　いわき西高校戦　4対0

香取吉池コンビの活躍もさることながら、この日、桃李は初めて公式戦で完封勝利を収めた。

三回戦の相手は、白河第二高校。この高校も公立である。去年ベスト16なのだが、今年調子のいい投手のおかげで順調に勝ち上がってきた。だがその前に、今のりにのって

いる桜堂高校が立ち塞がる。

この日は香取吉池コンビだけではない。三年生、二年生の打撃がさく裂した。後輩らに負けていられないと思ったのだろう。

三回戦　白河第二高校戦　10対0　五回コールド

この試合も桃李は完封勝利を収めた。

「これまで順調に勝利を収めていますが、やはり海洲千尋監督の采配のお力なんでしょうか」

ったく、それを元監督の俺に言うのか？

取材陣の失礼な質問に、晃は呆れつつも、

「ええ、それはもちろんです」と答えた。

「無名だった円谷投手を、ここまで育てたのが海洲監督ということなのでしょうか？」

普段の桃李を見ていれば、桃李自身に才能や素質があるのぐらい分かるだろうが、あいつは中学時代、公式試合では優勝経験がない。そのせいか無名選手と思われている。

「ええ、まあ半分はそうですかね」

こんなこと桃李が聞いたら怒るだろうな。でも千尋に憧れて桜堂高校に入ったことは間違いではないし、奈子経由とはいえ、投球フォームを指摘したのも千尋なのだから文句は言わせない。

取材陣に囲まれている晃はベンチに顔を向ける。千尋と奈子が話し合っているところだった。

出来ればこういう対応も監督として千尋にやって欲しい。取材陣も部長よりも監督の話を聞きたいはずだ。だが今回千尋は取材拒否をし、晃もそれでいいと思った。それに桃李も同じように勝利インタビューはさせていない。今はまだ集中させておきたい。勝つことだけを考えてもらいたい。

「そうそう、円谷投手はディスレクシアと聞きました。野球をするにあたって何か支障はないのでしょうか？」

晃は、取材陣の声にゆっくりと顔を向ける。

「何かというのは何でしょうか」

「え？　あぁいや、今までそういった普通じゃない投手っていなかったので、どうなのかなって思いまして」

こういう質問があるから桃李には受けさせたくないのだ。もう少し言葉を選んで欲しい。

「普通じゃない、それってどういう意味ですか？　それに普通というのはどういうことを言うんでしょうか？　普通というのは一体誰が決めるものなんですか？」

「いやいや、そんな絡まないでくださいよ」

インタビュアーが苦笑いしたが、その笑いが晃を刺激した。

「そういうことは二度と言わないでください。野球に関係なく、教育者の一人として許せない。あなたの無神経な一言で傷つく子供がいることを覚えておいてください」

取材陣の輪に、張り詰めた空気が広がった。

これだったら千尋の方がまだマシだったかもしれない、と晃は自分を戒める。

「次、四回戦の準々決勝は、学法東北高校との戦いですが、意気込みを教えて頂けますでしょうか。公式ではないにしろ、一度負けているチームですよね？　対策はいかがでしょうか？」

場の空気を変えるように、一人のインタビュアーが晃にボイスレコーダーを向ける。

シード外の高校がここまで勝ち上がるのが珍しいのだろう。

「ええもちろん、次は負けませんよ。そのつもりで勝ち上がってきましたからね」

晃の顔は笑っていても、目にだけは燃えるような闘志が漲っていた。


日が暮れた蒸し暑い体育館で、桜堂ナインは各々ストレッチをしていた。明日の試合に向け、どこか緊張感が漂っていて、館内は耳が痛くなるほど静まり返っている。

「このあたり、どうだ?」

木内が桃李の腕をマッサージしている。いつもは奈子がしているのだが、球場から戻ると、自分がやると名乗り出たのである。

スライダーを禁止にしたとはいえ、完投している桃李の右腕は熱さを持ち、負担が大きい。木内は、手の平から肘へ、そして上腕二頭筋と三頭筋をもみほぐしていく。肩に氷嚢を載せている桃李は、

「はい、いい感じです」と返事をした。

「すみません」

桃李は、先輩にこんなことをさせてしまって申し訳ない、そういうつもりで頭を下げた。木内が桃李のサポートをしてくれるのはこれだけではなかったからだ。練習でも、試合中でも、桃李が投げやすい環境を整え、監督や赤名以上にアドバイスをしてくれたのは木内だった。同じポジションで争いが起きるのは当たり前だ。中学の時にも何度も経験した。そしてそのたびに先輩に目をつけられ、身体が大きいだけだろ、先輩を立てろ、など嫌味を言われてきた。ましてや桃李がディスレクシアだと知ると、揶揄《やゆ》することを言ってきた。そのたびに桃李は、手を上げるのを我慢してきた。もしここで暴力沙汰なんか起こせば野球が出来なくなる。そう自分を律した。そばで話を聞いていた赤名にも我慢させた。なのに木内にはそういう妬みがなかった。桃李を認め、桃李と共に勝

ちにいく。そのためなら、自分は二番目でもいい。それが仲間というもの、チームというものだろう、と。そしてそれは木内だけではなかった。木内の想いは三年生全体に伝わり、三年生の想いは、二年生へと連鎖した。そのおかげで、桃李はのびのびと野球を楽しんでやることが出来た。

「何言ってんだ。これくらいするのは当たり前だろ」

木内が相変わらずそんなことを言い、そばで赤名と共にストレッチをしていた宍戸が、

「そうだよ、明日だってガンガン投げてもらわないといけないんだからな」と言葉を続けた。

「でも、明日は前の試合のようにはいかないっすよね」

赤名が宍戸の背中を押しながら聞く。

「あぁそうだな、当たり前だが一軍の連中が初回から出てくる。向こうだって俺たちがここまで勝ち上がってきたのがまぐれじゃないことぐらい、もう分かってるだろうからな」

宍戸が答えた。

「田中監督に、何か考えがあるんですかね」

いつの間にか、桃李や木内、赤名や宍戸の近くにナインが集まり始め、宍戸の話を聞いていた。

「そりゃあ、あの狸《たぬき》オヤジのことだから、絶対に作戦を練ってくるに違いない。聞かせたかったぜ、組み合わせ抽選の時の部長との会話。嫌味ったらしくて仕方なかった。格下のクセに目立ちやがって、そんな顔してた。本当、部長が飄々とかわしてくれて良かったよ。あれが監督だったら、今頃、警察沙汰だったかもしれない。昔から因縁があるみたいだし」

宍戸の言葉にその場にいたナイン一同がしかめっ面をした。その状況がすぐに浮かんだからだ。あの人ならやりかねない、と。

監督と部長は、奈子と共に明日の作戦を練っていて、体育館の隅で固まって話をしている。時々聞こえる監督の大きな声に、部長の苦労が見え隠れする。猛獣使いは大変である。だが一同、あの監督についてきたからここまでやってこれたと分かっていた。失墜した桜堂高校が這い上がってこれたのは、あの監督がいたからこそ。指導者一人でそんなにも変わるものなのか、そう思う人がいるかもしれない。だが、その一人で変わるものなのだと、桜堂ナイン全員が身に染みて感じていた。それは技術とかそういったものではない。やる気を奮い立たせてくれる意欲。練習が楽しいと思わせてくれる心持ち。もしかしたら自分たちは甲子園に行けるのではないかという期待。その全てを、監督は存在だけでナインに与えてくれた。

「でも、まさかここまで来るとは思わなかったよな」

「ベスト8ですからね」

「次、勝てば、ベスト4！」

三年生の声に、二年生も混ざる。

「それっす！　去年まで初戦敗退でしたからね。ＯＢたちも驚きますよね、何でお前たちの代で急にこんなことになってんだって」

「まぁ、去年まで寄せ集めの野球部ってバカにされてたからな」

三年生と二年生が各々何かを思い出し、不愉快な顔をした。甲子園を目指す！　なんてことを口にしたら、今までなら笑われバカにされていた。それほど桜堂高校は地に落ちていた。

先輩たちの顔を見て、香取が、

「まぁ、前回の試合の時と今のうちじゃ、全然違いますからね。やってやりましょうよ」慰めるように言った。

「そうっすよ。今の俺たちは、月とすっぽん。いや、焼き肉とお茶漬けぐらい違うし」

「なんだよ、それ」

「お茶漬けだけじゃあ、飯には物足りないって意味」

「それって、前回の俺たちがお茶漬けって言いたい？」

「そ！　そして、今の俺たちは、焼き肉の価値があるってことな！」

香取と吉池のよく分からない会話に、ナイン一同が「意味わかんねぇ」と一気に和む。今まで静まり返っていた館内が嘘のように笑いで包まれた。

「お前ら、ちゃんとストレッチしろよ、明日まで疲れとれねぇぞ」

部長の声が体育館内に響き、「うぃーっす」と返事をする。

「ということで、エース、明日頑張ってくれよな。ガシガシ投げてストライク取ってくれ。お前の後ろには俺たちがついてるんだから遠慮なんかするなよ」

宍戸の声に、一同、木内のマッサージを受ける桃李に注目した。

百八十六センチ、大型の一年生。去年まで中学生だった新人の肩に、ナイン一同の期待がのしかかる。

「うっす」

桃李は、エースという言葉が何だかくすぐったくて、顔を伏せた。ただ心の奥底で願っているのは、自分の投球で先輩たちを甲子園へ連れて行きたい、それだけだった。

＊

ここ数カ月の朝昼晩の食事はほぼ決まっている。監督に管理するように言われ、母さんが考えてくれたメニューだった。

身体を大きくし、甲子園を目指すための身体づくりをするべきだ。スタミナをつけ、速やかに疲労回復ができる身体。隅々まで栄養が行き届いた筋肉や関節。疲労困憊《ひろうこんぱい》の時も落ちない食欲を持ち、高い消化吸収能力を備えた内臓。その全てが揃ってこそ、甲子園に行けるんだ。

監督にそう言われてから、桃李は、食事の全てを見直した。

朝は和食に変え、魚、卵二個、納豆、味噌汁《みそしる》、ごはん、オレンジ、牛乳。

昼は一・八リットルの弁当箱に、肉と野菜と米一合のおにぎりにオレンジジュース。

練習前や休み時間は、おにぎりを三個とバナナ。

夕食は、納豆、スープ、果物、魚のおかず、シーフードカレー。それらを食した。

始めた頃は、量の多さに食べきるのに時間がかかったのだけど、炭酸飲料水やスナック菓子などを止めると食は進み、何より練習を重ねると、全身が食べ物を欲した。

もちろん全ては、母さんが作ってくれたものだ。母さんは、奈子から食事トレーニングの本を借りると、勉強して毎食必死に作ってくれた。

桃李と同じ時間に起き、朝練が終わる頃に食事が出来上がるように準備してくれた。

「いつもありがとう」なんて言うと、

「私も早起きが習慣になって有難いのよ」なんてことを笑って言ってくれた。

「ちょっと、おかわりしないの？」

「ん？　あぁ、今日はいいや」

いつもご飯を二杯食べるところ、今日は一杯で止めといた。そうはいっても茶碗《ちゃわん》大盛なので、それなりにカロリーは取っている。だけど、どうも落ち着かないのだ。日課の走り込みやバッティングをしても気持ちが浮ついている。一応八時間は眠ったけれど、いつもより朝早く目覚めてしまった。会津広陵戦よりも、今日の学法東北との戦いの方が、どこか落ち着かない。

「今日も応援行くからね。今日勝てば準決勝なんでしょ？」

キッチンで洗い物をしている母さんの背中は、年齢と共に厚みを感じるようになったけど、安心感も漂っている。

「え？　あ、うん」

先ほどから曖昧な返事ばかりする桃李に、何かがおかしいと母親の勘が働いたのか、

「桃李、大丈夫なの？」なんてことを聞く。

「あぁうん、大丈夫。俺、もう行くわ。奈子に言っといて」

「ちょっと、だから自分で言いなさいよ」

母さんの声を無視し、家を出ると自転車を走らせた。

自分でも分からなかった。この浮ついた気持ちがなんなのか。一度負けている相手だ

からなのだろうか。身体を動かさないとどうにかなってしまいそうだ。それなのに、自転車を漕いでも、何をしても、宙に浮いているようにフワフワとしている。

桃李が向かったのは、翔兄の眠る寺だった。先日はヒマワリだったので今回はヤマユリを庭から引っこ抜いてきた。

寺に着き、墓石の間をすり抜けながら辺りを見渡す。

今日もあいつがいるかと思ったけど、墓の周りはいつも通り静かなままで、遠くに車の音が聞こえるぐらいだった。

「今日はいないのか」

ヤマユリを供え、手桶《ておけ》から水を汲《く》み取り、墓石にゆっくりとかける。あぁ気持ちいいと水浴びの声が聞こえるような陽気で、今日も暑くなりそうな天気だった。

「絶対に勝つからな」

手を合わせ、宣言する。

翔兄を前にすると気合いが入り、絶対に勝ち抜いてやると闘志が湧く。ようやく、浮ついた自分を地上へと引き戻すのに成功した。

桃李はもう一度手を合わせると、寺を出て、あづま球場に自転車を向けた。

今日も、吾妻山の麓から流れる温《ぬる》い風が桃李を出迎えてくれる。いつの間にか蟬の声が聞こえ、田には蛙の声が聞こえる。

桜堂高校が戦っている球場は福島市にあるが、神光学院が戦っているのは郡山市にある開成山《かいせいざん》スタジアムだ。だから神光学院がどんな試合運びをしているのか見に行けなかった。メンバーたちも桃李に気を遣っているのか、神光学院の様子を話さなかった。ただ神光学院が勝ち進んでいるのは何もしなくても情報として入ってきた。今年の一年生投手は違う。今年も神光学院が甲子園に行くだろう、と。

神光の名前を思い出すと、どこか胸が疼き、自転車を漕ぐ足に力が入る。

桜堂高校の初戦を観戦後、神光学院は学校に戻るとすぐに練習を始めたそうだ。桜堂の試合運びに何かを刺激されたという。そのこともあってか、神光学院はいつになく大差で勝利し続けていた。その一方で、桜堂高校の快進撃が話題になっているのも知っていた。

あの海洲千尋が監督に。

一年生投手が躍進。

戻って来た桜堂高校。

神光学院の一強を崩すのは、桜堂高校ではないか。

確かに現在の桃李は絶好調だった。のっているというのは、こういうのを言うのだろう。会津広陵戦に勝って以来、二試合連続完封している。身体は軽く、腕も、足も、肩も軽い。投げても打っても走っても、何をしても面白いように全てが思い通りになる。

それなのに、なぜか不安になった。好調だからこそ疑いたくなった。だから翔兄に会いに来た。

気合いをもらいに。

闘志を思い出すために。

甲子園からやってきた魔物を払拭するために。

試合前、あいつはどんなことを思ってるのだろう。

勝つのは自分だ、この俺が負けるわけない。そんなことを思っているのだろうか。

それとも明日馬のことだから、全ては当たり前だと平然としているだろうか。

明日馬はそういう奴だ。

とにかく、今日の学法東北に勝たないことには何も始まらない。

先日の練習試合では五分五分だったが、あれは二軍から始まったからだ。もし一軍が初回から出てきたのであれば、そう簡単に試合を運ばせてはくれないだろう。だがこんなところでつまずいていたら、神光学院も甲子園もほど遠い。

甲子園。そうだ。俺は甲子園に行かなければならない。いや行くんだ。これは絶対だ。

空を見上げる。雲ひとつないスカイブルー。そんな空を見ると、やはりあの日を思い出した。

アルプススタンドの声援。

観客たちが起こした地響き。

魔物を作る整備係たちの美しい仕事。

球場に鳴るけたたましいサイレン音。

あの時に誓った翔兄の夢を、俺はどうしても叶えたい。

そのためには俺が頑張らなければいけない。このまま学法東北や神光学院を連続で完封しなければいけないんだ。そうなのだ、俺がやらなくて誰がやる。俺が皆を連れて行かなくてはいけない。

桃李が気合いを入れ自転車を漕いでいる時だった。突然クラクションが聞こえ、軽トラックが追い越して道を登っていった。

「あれ？」桃李は、自転車を漕いでいた足をとめ、その場に立った。

辺りを見渡す。いつも通ってる道とは違うようで風景は山に近い。色んなことを考えすぎているうちに別の道を来てしまったようだ。ふと顔を上げると青い道路標識が見えた。桃李は看板下まで行き、標識を真上に見る。

文字が躍り、動き、ねじれる。だが目を凝らすと『吾』が見えた。球場までは左折すればいいようだ。

大丈夫落ち着け。まだ間に合う時間帯だ。

桃李は来た道を戻り、左に曲がった。

だが、行けども行けども球場は見えなかった。見覚えのある道にも出ない。しかも先ほどいた場所よりも何故か山に向かっている気がする。段々と坂がきつくなってきた。

もしかして、さっきの看板を読み間違えたのだろうか？　いや、でも確かに『吾妻《あづま》』の『吾』だった。歪んでも集中すれば一文字ぐらいは見える。

生い茂る樹々《きぎ》に、曲がりうねっている坂道。

一度来た場所はすぐに覚えられた。だから今回も一人で大丈夫だと思った。それに翔兄のいる寺には何度も来ていたから、今回も行けると思ったのに。

再び辺りを見渡す。だが新たな看板が見つけられなかった。

太陽が本格的に照り始め、額には汗がびっしりと並び、拭っても拭っても溢れ出てくる。着ているユニフォームは試合に出ていないにもかかわらず汗で濡れていた。

桃李は自転車から降りると、ようやくスマホを思い出した。焦りすぎて全てが欠落していた。

前かごに入っているエナメルショルダーからスマホを取り出し、画面をタップすると、いつの間にか着信が何件もたまっていて、全ては奈子からだった。

折り返すとワンコールも鳴らないうちに、

「いまどこにいるの！」と奈子が電話に出た。

「それが……分からなくて」

辺りを見渡す。どこかの山の中腹にいるようだけど、周りには何もない。車も通らないし、こんな田舎に人なんかいなかった。

樹は生い茂り、全てを覆っている。

「いいから今すぐ地図アプリを見て確認して！　迎えに行くから」

そうだ、なんで気付かないんだ。桃李は通話したまま地図アプリを立ち上げる。だが焦っているせいか普段よりも画面の文字が歪んだ。画面は二重に重なり、目も滑る。

「ダメだ。奈子、文字が歪む」

落ち着け。

大丈夫だ、落ち着け。

息を整えようと深呼吸する。だが気持ちを落ち着かせようとすると、余計に文字が歪み、じわりと手が震えた。

「自転車乗り捨てて、タクシーに乗れ！」

電話は晃に変わった。その緊迫した声に、向こうの現状が想像できた。

だが、こんな田舎の山道に、タクシーなんか走っているわけはなかった。

樹々が生い茂る山道には、車は走っておらず、人すらいない。

ただただ、蝉だけが我関せずと大声で叫んでいるだけだ。

「音声！　地図を音声で聞いて！」

再び奈子の声が聞こえた。

桃李があづま球場の前に着くと、試合をやっているとは思えないほど静まり返っていた。送ってくれた農家のオジサンに礼を言い、すぐに球場の中に入っていく。

もう試合は終わったのか？

慌ててグラウンドにやってくるも、やけに静かだった。ベンチからも観客席からも何の声も聞こえず、主審の声だけが響いている。準々決勝にもなれば両校の応援は増え、会場は盛り上がりを見せているはずだ。学法東北の吹奏楽部は、県内でも強豪と言われていて、毎年応援団は賑わいを見せているのに、全く音が聞こえない。

試合はまだ続いていた。ただ、そこは学法東北側のベンチだった。

桃李は顔をスコアボードに向ける。だが数字は歪んで見えなかった。

普段は赤名にサインで教えてもらっていたので、スコアボードを見なくても済んでいたのだが、この状況では、やはり文字は歪み見えなかった。しかも焦りが余計に歪ませる。

ぼうっと突っ立っている桃李を、学法東北ナインが見つけ、

「円谷だ、円谷が来たぞ」

「本当だ」

「今頃何してんだ、あいつ」

そんな声が聞こえた。

我に返った桃李は、桜堂高校側のベンチへと走る。

「桃李！」声を掛けてきたのは奈子だった。

「今、どうなってるんだ」

グラウンドには桜堂ナインが立っていて、桃李を見つけると緊張の糸が切れたようなホッとした顔をした。

15対5の10点差。

五回表から始まるところだった。学法東北の攻撃。この回で差を縮めないとコールド負けになる。高校野球の地方大会では五回で10点差、七回で7点差があるとコールドゲームになる。ただしそれは決勝では適用されない。

「お前、大丈夫なのか？」

え？　と声を掛けてきた晃を見る。送ってもらったとはいえ、山道を、自転車を漕ぎ続けたせいか、汗だくで息も切れ切れだった。

どうやら吾妻山へ向かう道を走っていたらしい。看板の『吾』は吾妻山のことだった。あづま球場は平仮名の『あ』なのだ。

「行かせてください」

桃李は懇願する。それは奈子でも晃でもなく、その奥に座っている監督へ伝えた言葉だった。

監督は、言葉を発さず、静かに頷いた。

「おせぇぞ」

腕をだらんとさせた木内が桃李の尻を叩き、ボールを桃李のグローブに落とす。今大会初めての登板で、学法東北相手に投げ続けたのだ。疲れて当たり前だ。三年間の実績があったとしても腕や肩に負担がかかっていたのだろう。

「すみません」

「いや、俺こそ」

木内はスコアボードを見上げた。俺では無理だった。力不足だ、情けない。木内は今にも泣きそうな顔をしていた。

マウンドへとやってきた赤名は「おせぇぞ、腹でも下してたんか？」と軽口を叩く。いつもは出ない赤名からの冗談なのに、桃李は焦りからか何も返せなかった。

観客席から「いよいよ出てきたな」、そんな声が聞こえるも、「今更無理だろ」との声も聞こえた。

だが桃李は五回表を三人で抑えた。三者凡退。隙を見せない桃李の投球に学法東北は感嘆のため息をつき、そして、なぜ初回から出てこなかったのだと嘆いた。

五回裏、桜堂高校の攻撃になった。交代したばかりの桃李にも打順が回って来た。晃は桃李に代打を出そうとする。だが、それを桃李が拒否した。

「いいから、俺が打つから」

「だけどお前、それ」

ベンチに座る桃李の額には、汗がびっしり張り付いている。緊張と暑さ、そして後悔の念から流れる汗だった。いつも以上に流れる汗を心配し、晃はやはり代打を出そうと提案した。

「大丈夫だから！」

晃は意見を求めるように監督を見、桃李も許可をもらうように監督を見た。皆が注目する中、監督が出した指示は、

「行かせてやれ」だった。

15対5。

二死無走者。

桃李はバッターボックスに立った。ヘルメットの下ではずっと汗が流れ続け、手汗も

ひどい。しかもそれだけではない。自転車を漕ぎすぎたせいで足がふらついている。それでも足を踏ん張り、バットを振る。

ここで一点でも返せば、まだいける。

俺が打てば、俺が投げれば、まだ桜堂は持ちこたえる。

俺が……。

「スリーアウト！」

容赦ない主審の声がグラウンドに響いた。

「コールドゲーム！　試合終了！」

4　エース不在

久しぶりに来る阪神甲子園球場は相変わらず熱気と情熱に溢れていた。青々とした空は初めて来た日を思い起こさせ、奈子は胸の奥にジワリと染みるのを感じていた。

「奈子、こっち」

「はい！」

奈子は晃の声の方へと歩いていく。あの時と違って今回はジーパンにTシャツを着ていて相応しい服装をしている。そしてあの時と違うのは、今ここに、桃李も明日馬もいないことだ。

準々決勝・学法東北戦で負けて以来、桃李は野球部に顔を出さなくなった。自宅へ行っても会えず、部屋に籠っていた。そんな桃李は初めてだった。ここに翔兄がいてくれたら、明日馬がいてくれたら、そう思うと、奈子はマネージャーとしてアナリストとして幼馴染として、自分の力不足を感じ、虚しくなった。

結局、福島大会の決勝は、神光学院 対 学法東北の戦いになった。明日馬は三回から登板し、最後まで投げ切った。そしてやはり、今年も福島県代表は神光学院になったのである。

誰もがやはり今年も神光が代表か、今年は大穴があると思ったんだけどなと、嘆きのような称賛をした。

そして今日、甲子園で行われている試合は、福島県代表・神光学院 対 宮城県代表・青葉大附属の戦いだった。

今年四月。仙台市のグラウンドで見た試合が甲子園で見られる。春の覇者と去年の夏の覇者の戦い。実質決勝戦と言われ、一回戦にもかかわらず甲子園のアルプススタンドは満席。そして奈子も、晃や監督と共に観戦にやってきた。

「初回から明日馬が来ると思いますか?」

席に座ると、奈子は隣に座った監督に質問する。監督は一直線にグラウンドを見ている。こうやって甲子園のグラウンドを見るのは初めてなのかもしれない。自分が立つはずだったあの場所を、この人はどういう思いで見ているのだろうか。

なんだか少しだけ胸の内を覗いてみたくなった。

「今チームで一番のってるからな。先発で出してくるだろうな。でも完投は無理だ。だからクーリングタイムで交代だろうな」

「そうですか?」

「まだ体力が足りてないから無理だ。それに神光学院は投手の層が厚いから、絶対一人に完投させせない」

神光学院には投手登録している選手が五人いる。しかもその五人は外野手も出来る者ばかりで、野手として試合にも出ていた。

やはり投手層が厚いチームは強い。青葉大附属も投手六人の登録をしており、その殆どの選手が150キロ台を出したことがある。桜堂高校も桃李ばかりに頼っていてはダメだ。今回のことで嫌と言うほど分かった。今年のスカウトは投手を重点的に行おう。

「監督……桃李のことなんですが」

あの試合以来、監督と桃李の話はしていなかった。

隣にいる監督どころか、その隣にいる晃までもが振り返って奈子を見る。

「会えたのか？」

「いえ、まだ……」

「そうか、お前すら難しいなら俺らが行っても無理だろうな」

晃が答えた。

「まぁ、もう少し放って置けばいい」

監督は少し突き放すような言い方をした。

「でも……多分桃李はディスレクシアのことで自分を責めてるんだと思うんです。自分が標識を見誤ったからだって。それで試合に間に合わなくて負けたんだって」

「だろうな」

「だったら監督から声を掛けてやってください。そしたら出てくるかもしれないですし、桃李は監督にずっと憧れてたんですから」

監督は一瞬黙ったのだが、すぐに続けた。

「でもこれからもあいつは見誤ることがあると思うぞ。そのたびにこうやって自宅に引き籠られて、俺たちは試合に負けるのか？」

「それは……」奈子が黙ると、晃が、

「俺さ、桃李に初戦の時に、誰かのために頑張るのっておかしいのか？　って聞かれたんだ」グラウンドを眺めながら言った。

「あいつがここを目指してるのは翔のためでもあるからな。だから俺は、おかしくないって言った。自分のために頑張るのは当たり前で、そこに、他人のために頑張る、をくっつけるんだからプラスにしかならないって。でもそう言うべきじゃなかったのかもしれない、重荷になるだけだもんな」

晃の視線を追うように監督がグラウンドを見た。

「間違っちゃいないですよ。俺だって同じように答えます」

「そうか？」

「ええ。ただ、誰かのために頑張ってることを、その誰かのせいで、と思うようになったら終わりですがね。誰かのためと誰かのせい、似ているようで全然違いますから」

「そうだな」

「あいつは自分が思ってるよりも、そして俺らが思ってるよりもメンタルが弱いですから」

奈子は、え？　と声を出す。桃李のメンタルが弱いなんて一度も思ったことがなかったからだ。いつも突っ走り、私たちを先導してくれた、その桃李が？

「ディスレクシアがあるから自分には野球しかない、そう思っている。そのはずなのにディスレクシアのせいで野球がダメになった、とも思っている。表裏一体だからこそ克服しなくてはダメです。そして乗り越えるためには、今まで以上に練習をして自信をつけて、自分の弱さを認めないといけない。出来ないものは出来ないと認めて、改善策を考えないと」

「お前、だからあの時、桃李に代打を出さなかったのか？」

「ええそうです。本来なら桃李はあそこで出来ないと言うべきだった。でも言わなかった。それで試合に負けた。でも俺はそれで良かったと思っています。これを乗り越えた時、あいつはもっと強くなる、そうならないとダメなんです」

確かに桃李は自分の弱さを他人に見せようとはしない。出来ないことを出来ないと言う難しさは奈子だって分かってるつもりだ。でも桃李は人よりも出来ないことに敏感だった。それはディスレクシアと診断されてから顕著に現れた。自分は出来ると思いこもうとし、他人に介入されるのを嫌がった。

素直なのにどこか頑固な性格の桃李は、自分の弱さを他人に見せるのが苦手で、他人に何かを頼むのが苦手で、だからこそあの時、野球を辞めた赤名へ、声を掛けられなかったのだろうと思い当たった。

いつもそばにいて幼馴染だと言ってるくせに、数カ月の付き合いの監督に負けてしまった。勝ち負けではないだろうけど何だか悔しい。そして桃李を一番分かっているのは自分でありたいと変な嫉妬が溢れる。監督にそんな気持ちを抱いても仕方がないのに。

「それに、俺たちももっと考え直さないとです。じゃなきゃ、この場所にはいつまで経っても立てない。ここはそういうことを克服してきた者が立つ場所なんです」

監督は、大きく息を吸い込むと、顔を空に向けた。これが甲子園の空気か、と噛みしめているように見えた。

「ねぇ先輩、俺に、このまま監督やらせていいんですか？」

監督のぼやきを聞くのは初めてで、というか晃を先輩と言っているのが初めてで、奈子は監督の黒く焼けた精悍《せいかん》な横顔をまじまじと見た。

「はぁ？　なんだよそれ」

「いや、俺、とことん甲子園に縁がないみたいなんで」

「は！　お前ってそんなこと言う奴だっけ？」

「俺のことなんだと思ってるんですか」

「無愛想で無骨な東北人」

「言いたい放題ですね、自分もその東北人なの忘れないでくださいよ」

六年前、優勝旗を持ち帰るほどの実力があったにもかかわらず、この場所に立てなかった。そして今回も、手が届くところまで来ていたのに逃してしまった。その全てが自分に縁がないせいなのかもしれないと思っているのだろうか。そんなことある訳がないのに。

「大体、お前はどうなんだよ、縁がないからってこのまま諦めるのか？　諦められるのかよ、ずっと目標にしてたんだろ」

「まぁ、そうですね」

いつになく感情的な監督のぼやきに、晃は呆れた顔をした。

「ったく止めてくれよ、桃李だけならまだしも、お前まで迷うなよ。こんなこと、絶対に選手たちには聞かせるなよ」

どうやら、甲子園の魔物に取りつかれているのは選手だけではないようだ。ここにいる二人も、いやスタンドにいる大人たちもみな取りつかれている。それほどに魔物は恐ろしく、強靭《きょうじん》な力をもっても振り払えないということなのだろう。

ふと目線をグラウンドに戻す。神光学院の練習が始まるところで、マウンドには明日馬の姿が見えた。

やはり今日の先発は明日馬でいくようだ。

あの日、この場所へ戻って来ると誓った夢を、明日馬だけが叶えた。

＊

まだまだ夏が去ろうとしない八月の終わり。桜堂高校のグラウンドに明日馬の姿があった。

突如現れた神光学院の新エースに、赤名がすかさず嫌悪感を示した。

「何だよ、裏切り者が何か用かよ」

早々に赤名が牽制をかけ、そこに、まぁまぁまぁと香取と吉池が割って入った。

「よぉ明日馬、久々」

「そうだよ、ちゃんと話すのいつ以来だ？」

二人は少年野球クラブで明日馬と一緒だったのだ。だが明日馬は珍しく気を遣う二人を無視し、

「俺と桃李がバッテリーを組んだら、あんたは組めなかったんだから、むしろ感謝されたいけどな」と赤名を挑発する。

「なんだと！」

喧嘩っ早い赤名は、明日馬のトゲのある言葉にイラつき、摑みかかろうとした。

「ちょっと二人とも止めてよ、公式試合出場停止になりたいの」

奈子は赤名と明日馬の間に入り、二人はフンッと鼻息を飛ばす。

「奈子、ちょっといいか」

明日馬は、赤名たちを無視し、奈子をグラウンドの端へと連れて行く。

今はまだ夏休みで、グラウンドには野球部しかいない。

盆地の福島市はうだるような暑さで、同じ県内とはいえ神光学院のある二本松市とはまた違う気候だろう。

明日馬は木陰にやってくると、グラウンドの中心で練習している桜堂ナインを見た。

その表情からは何も読めなかった。

「甲子園見てたよ。頑張ってたね」

「あぁ、アルプスに来てたんだよな」

明日馬は赤名と話してる時とは別人のように穏やかな顔を見せる。奈子の前で見せるのはいつもこの顔だった。スッとした目に色白の肌。今は赤く焼けているが、冬になればまた色白に戻るのだろう。東北人や東北出身の親がいる者の特徴の一つだ。

「カッコ悪いところ見せたな」

「何言ってんの、あの場所に立てたこと自体が凄いじゃない」

「まぁ、そうなのかな……でもやっぱり勝ちたかったな」

全国高等学校野球選手権大会。実質決勝戦と言われる戦いで、神光学院は青葉大附属に負けてしまった。明日馬は監督の言う通り、先発で出場し、クーリングタイム前の五回まで投げた。点は取られたものの、明日馬の投球センスは一躍脚光を浴びた。そして勝利した青葉大附属高校は順調に勝ち進み、今年も優勝。夏の二連覇を達成した。

今年も白河の関を越えたと、東北は盛り上がりを見せた。

「なぁ、桃李いないみたいだけど、どうしたんだ？」

「え？　あぁ……」

「もしかして、ずっと来てないのか？」

「うん。負けてから来てない。一応声は掛けてるんだけど、監督が放って置けって」

「まじか」

「でも夏休み明けるから、いい加減にしないといけないとは思うんだけどね」

毎日桃李の部屋の前で、今日の部活の内容を話したけど、ドア越しの桃李は何も話さなかった。それ以前に物音一つ聞こえなかった。そのたびに自分は桃李にとって心の支えではないのだろうと実感した。ここに翔兄がいてくれたら何て言うのだろう。そればかり考えた。そこまで奈子を追い詰めた。それ以前に、翔兄がいれば桃李はここまで落ち込まなかったんじゃないのだろうか。なんだか自分以外の誰かが桃李の支えになるのにイラつきを覚える。だけど自分では力不足なのも実感している。明日馬に頼みたい。だけど、ここにいるのは、あの頃の明日馬ではない。神光学院のエースで、ライバル、いや敵と言ってもいいのだから。

「あのさ、これ」

奈子は、ハッと顔を上げる。明日馬は、手のひらサイズのボイスレコーダーを持っていた。古くてところどころ剝げて年季が入っているものだった。受け取り、裏を見ると、『翔』とサインペンで名が書かれてあった。懐かしい翔兄の字に鼻の奥がツンとする。優しくて、強くて、思いやりに溢れている人だった。

「春に、こっちに引越してくる時に、兄貴の荷物の中から見つけたんだ。癪だから渡すつもりなかったんだけど……桃李に渡しといて」

明日馬はそう言うと、再びグラウンドを眺めた。

「ここが桜堂高校なんだな」

近くには温泉街があり、リンゴや桃の果樹園がある。神光学院のある二本松とはまた違う田舎街。冬は寒く、夏は暑い盆地。その端っこに桜堂高校はあり、校舎の前にあるグラウンドは年中ガタガタでボコボコである。

「穴ぼこだらけでしょ」

「県立高校はどこもそうだろ。まぁ、でも」

そこで言葉を止めると、明日馬はグラウンドを走る桜堂ナインを見つめた。ふざけ合いながら走っているナインたちは、心の底から楽しそうにしている。

明日馬の目は、桃李たちと共にグラウンドを駆け巡った頃と同じ目をしていた。

5　ボイス

どんなにふさぎ込もうが夏の空は青く、雲は白く浮かび、あくまでも桃李の心内だけが鬱屈した暗雲で立ち込めていた。

「お前、いつまでそうしてるつもりだ」

階段を上る音が聞こえたので、てっきり母さんかと思ったけど、無理矢理ドアをこじ開けたのは父さんだった。

夏季大会で負けて以来、野球部には顔を出していなかった。今は夏休みだから学校に行かなくていいのは有難い。でもそれもあと数日で終わる。九月になれば新学期が始まり、否応《いやおう》なしに皆と顔を合わせなければいけなくなるだろう。いつまでもこうしていられないのは分かっている。分かっているのに身体が動かない。

だけど父さんがこんなふうに声を掛けてきたのは初めてだった。今まで一度も、そう、野球を始めてから一度もなかった。

「負けたくらいで、なんだ、情けない」

手に持っている昼食の載ったトレイを乱暴に学習机に置くと、いつまでも布団に潜る桃李を見かねて言った。

父さんに俺の気持ちが分かってたまるか。そんな思いと、俺が試合に負けたの知ってたんだ。そんな思いに駆られる。

「父さんは、俺が野球しない方がいいんだろ、だったら思い通りになって良かったじゃねぇか」

「俺がいつ、そんなこと言った」

桃李は、へっ？　と声を漏らすと、布団から出た。目の前に、白いエプロン姿の父さんが立っている。昼の混雑時間が終わったのか、顔には疲労の跡が残っていた。

「違うの？」

やけに子供っぽい声が出て、自分でも笑ってしまう。でも父さんの前になるといつもこんなふうになる。認められたくて、褒めて欲しくて、ただの子供に戻ってしまう。

「お前が朝も昼も夜も頑張ってるのは知ってる。頑張りすぎてるのも知ってる。お前は何でも全部背負いこみすぎなんだ。助けて欲しい時は助けてと言え、俺に何か言いたいことがあるなら、俺に直接言え」

父さんの力強い眼差しに、桃李は声が出ず、たまらず目を伏せる。

もし何かを言って、それが間違いだったら、父さんの求める返答ではなかったら、そう思うと躊躇いが出た。

父さんは、顔を伏せたのが返事だと思ったのか、一瞥すると、部屋を後にした。

荒い足音が階下へ遠ざかると、蟬の鳴き声だけがやけに鮮明に聞こえてきた。まだ夏は終わっていない、そう言われているようで、急にもどかしくなった。

桃李は、どこにぶつけていいか分からない苛立ちや寂しさを抱えたまま、再び布団に潜った。


福島の夜は静かで、山が近く、畑に囲まれた桃李の家には、森からゴゥゴゥと唸るような音が届いていた。小さな頃はあの音の正体が分からなくて怯《おび》えていたけれど、父さんに、あれは樹の音、葉の重なる音だ、と教えてもらうと不思議と怖くなくなっていた。

「今日さ、明日馬が桜堂に来た」

ドアの向こうにいる奈子の声が聞こえ、桃李はかぶっていた布団を振り払った。

神光学院が甲子園に行ったのは知っていた。だけどその後、試合がどうなったのかはテレビもラジオもネットも何も見ていないから知らない。ただ、明日馬がこの時期に福島にいるということは、早々に帰って来たのかもしれない。

だけどそうか、あいつは甲子園の土を踏んだのか。

桃李の顔に笑みがこぼれた。良かったな、という思いと、大半は嫉妬を含んでいる。遠い。全てが遠くて、俺にはその土を踏むことも、触れることも出来ない。

野球がなくなるのが怖い。野球が出来なくなったら俺は何をしていいのか分からない。

それなのに何にもやる気が起きなかった。全身が野球をしたいと言っているのに頭がついていかない。食って寝て起きて、それを繰り返すだけ。

試合が終わった後、木内さんや宍戸さん、他の三年生が泣いていた。三年生はあの夏季大会で引退になるからだ。連れて行きたかった。もっと一緒に、揃いのユニフォームを着て戦いたかった。もっと行けるはずだったのに、それを俺が壊した。

野球を始めてから今までディスレクシアの影響はなかった。だから油断していた。

もしあの時、一人で寺に行かなければ。

もしあの時、きちんと標識を見ていたら。

もしあの時……。

全ては驕りだ。ここまで無事でいられたのだから、誰に頼らなくても大丈夫だ。一人で何でも出来る。一人で大丈夫。俺は他の皆と同じなのだ。

そんな俺の驕り。

父さんの言うとおり、助けて欲しい時は、助けてと言わなくてはいけないのだろう。やりたいことがあれば、自分だけで決めずに、相談しないといけない。分かっていたはずなのに、やはりどこかで自分は大丈夫と思っていた。

「桃李に渡してくれって、明日馬から預かってきたのあるからここに置くね。翔兄が遺《のこ》してた、海洲千尋を分析して記録したボイスレコーダーだって」

思いがけず翔兄の名前が聞こえ、桃李はゆっくりと起き上がり、ベッドに腰掛ける。

ギシリときしんだ音が聞こえたのか、奈子はいつも以上にドア向こうから桃李に語り掛ける。

「明日馬が言ってた。これ、何でボイスレコーダーか分かるかって。これは桃李に遺すために作ったものだからだって。しかも海洲千尋の分析ってことは、投手の分析ってこと。要するに兄貴は見抜いてたんだ、桃李がいつか捕手ではなく投手をやることを。ムカつくだろ、実弟の俺を差し置いて桃李にアドバイスをするんだぜ、だってさ」

カタリとボイスレコーダーを置く小さな音が聞こえ、また静かになった。

桃李は奈子が帰ったのかと思い、立ち上がり、ドアのノブを握ろうとした。だが、

「あのさ、明日馬なんだけど」

そんな声が聞こえ、手を止める。

「私、本当は知っていたんだ、明日馬が桜堂以外の高校に入学しようとしているの。まさか神光だとは思わなかったけど。中学の時から相談されてて、桃李には言うなって言われていて」

初めて聞いた。まず、奈子と明日馬が中学の頃から連絡を取っていたのも知らなかった。でも昔から二人は何かと仲が良かった。俺がいないところで、互いの近況を報告し合っていてもおかしくはない。

「明日馬の両親さ、翔兄が亡くなってから関係がおかしくなって、離婚しちゃったんだって。中学生になって、お母さんが働き始めて苦労してるの見てたから、学費免除で寮生活出来るところを選んだんだって。それで卒業したらすぐにプロになって、早くお金を稼ぐんだって、お母さんを楽させたいから。だから明日馬は神光学院を選んだんだよ」

あの明日馬がそんなものを背負っていたなんて。ただ純粋に野球をしていた、あの頃とは何もかも状況が変わってしまった。翔兄のお墓の前で、明日馬は自分のために野球をすると言っていたけれど、あれは嘘なのかもしれない。明日馬こそ、母親のために野球をやっていたのだろう。だが自分のためと、言い聞かせていたに違いない。

「前に、桃李も聞いたでしょ、だったら何で福島にわざわざ来たんだって。それ、私も聞いたの。関東の高校からも、学費免除で寮生活の学校からスカウト来たでしょって。そしたら明日馬、福島にはあいつがいるからなって言ったんだよ。その意味わかるよね？　明日馬は、たとえ別々の学校でも、桃李がいるこの土地で野球をやりたかったんだよ……ねぇだから、桃李もさ」

奈子はそこで声を止める。そして数秒後に、

「やっぱりいいや。明日、三年生の引退試合するからさ、来なよ。色んな代のＯＢが来るんだよ。監督の代の先輩も来るの。ね、皆待ってるから」

そう言うと「じゃあ」と階段を下りる音が聞こえ、玄関の開閉の音も聞こえた。

音を立てずにドアを開けると、すぐそこに古いボイスレコーダーが置いてあった。見覚えのあるものだった。翔兄がいつも持っていたものだ。裏面には名前の記載もある。

充電はフルにしてあり、桃李は再生ボタンを押す。雑音と共に、懐かしい声が聞こえてきた。

『あ、あ、あ、〇〇年〇月〇日』

翔兄は福島に引越してから桜堂高校の校庭へ行き、海洲千尋の分析をし、それをレコーダーに記録していた。投げ方の癖。足の上げ方。ボールの持ち方。サインの返事の仕方。それに、本人すら気付いていないという感情の隠し方まで。海洲千尋は自分の嬉しい感情を隠そうとする時、帽子を深くかぶり直す癖があるという。

翔兄らしい細かい分析だった。それはもう分析というよりも、ただの海洲千尋のいちファン。いやオタクである。

何だかおかしくなって笑みがこぼれた。そして翔兄のあの言葉を思い出した。

『何かが出来ないなら、他に出来ることを探せばいい。その出来ることの努力を惜しまず生きればいいんだ』

今も昔も、ずっと桃李を支えてくれた言葉だった。

でも、ディスレクシアである以上、俺にはずっと障害が付きまとう。そしてそれは他人を巻き添えにしてしまうかもしれない。それでも俺は、野球を続けていいのだろうか。頑張ってもいいのだろうか。これが本当に俺の出来ることなのだろうか。

今さら迷いが出てきた。

もし、ここに翔兄がいてくれたら、なんて言うのだろうか。

桃李なら出来ると鼓舞するだろうか。それとも努力が足りないからそんなことを思うんだ、と叱責するだろうか。

桃李が翔兄の幻影を見ていたその時だった。てっきり終わったと思っていたボイスレコーダーから再び翔兄の声が聞こえた。

『野球って楽しいな』

あ然とし、

「なんだよ」

声が漏れ、桃李の顔に再び笑みが戻った。

翔兄って、本当凄いよ。

本当、何でもお見通しなんだな。

今の桃李には、その言葉だけで充分だった。

夏の日差しに少し汗ばんで目が覚めた。朝六時、桃李は今までのようにジョギングをし、筋トレをし、素振りをする。三週間以上も身体を動かさなかったからか、思うように動かなかったけれど、それも二、三日で解消されるだろう。

軽くシャワーを浴び、朝食をとるためダイニングテーブルにつくと、

「あなたの食事、私だけが作ってるわけじゃないのよ」

そう言いながら母さんが次々に料理をテーブルに置いた。

「どういうこと？」

桃李がいつも食べている食事は、監督に言われて始めた食トレメニューだ。全ては母さんが準備していると思っていた。

「あなたは私が作ってるって思ってたみたいだけど、夕食は殆ど父さんが作ってるのよ。私は朝食とお弁当だけ。そのお弁当もたまにお父さんが作ってるのよ。まぁ、元々お父さんの方が料理は得意だし、調理師免許も持ってるしね。栄養バランスだって、あの人

が考えてるんだから」

桃李が次々にテーブルにのる料理を見ていると、起きたばかりの父さんがキッチンへとやってきた。

「早いな」

「そっちこそ、定休日じゃないの？」

「あぁ、そうだな」

父さんは、自分の席に座ると新聞を読み始め、そんな父さんの前にも母さんは次々と料理を運んでいく。

「学校に行こうと思ってるんだ」

父さんは、新聞から目線を上げ、桃李を見つめると「そうか」と短い言葉を口にした。

まだ父さんに、自分の心内をさらけ出すのは時間がかかりそうだ。でも、これだけは伝えておきたい。

「あのさ」

「今日、先輩たちの引退試合があるんだ。見に来てくれないかな？」

父さんは、ジッと桃李を見つめると、短く「分かった」と新聞を畳み、食事を始めた。

「ありがとう」

男たちの短い会話に、母さんはやれやれと安堵した顔をすると、自分も席に着いた。

朝焼けが残るグラウンドに、桃李は久しぶりにやってきた。ちらほらと草の生えた土を踏むと、翔兄に球の投げ方を教えてもらった日を思い出した。

縫い目に指を置く。

身体を真横に向け、腰の捻りを使う。

グローブをはめた手を相手に向けて突き出す。

桃李は全身を使い、腕を思いっきり振りかぶる。

ブンっと音がし、見えない球は朝焼けの残る空の向こうへと飛んでいった。

「桃李！」

声が聞こえ、振り返ると奈子が立っていた。その後ろには赤名や他のメンバーの姿もあった。そばには晃や監督の姿もあった。

桜堂ナインは、皆がユニフォームを着ていた。クリーム色をベースに、紫色の縁取りがされたユニフォーム。袖には『福島』の紫色の刺繍とピンク色の桜のワッペンがついている。そしてなんといっても胸に刻まれている『桜堂』の刺繍。漢字二文字。紫色に黄金の縁取りがされている。

俺はこのユニフォームにずっと憧れ続けていた。

昔も、そして今も。

俺の人生はやっぱりそう簡単じゃない。だけど負けたくない。誰が何と言おうと絶対に勝ってみせる。

桃李は、奈子に翔兄のボイスレコーダーを渡す。

「これ明日馬も聞いたんだろうから、もっとバージョンアップさせてくれないか」

驚いた顔をした奈子は、徐々に笑顔になり「うん！」としっかりと受け取った。

そして、監督や晃、先輩、他のメンバーの前にやってくると、

「すみませんでした」と頭を下げた。

宍戸さんが、

「早くユニフォームに着替えてこいよ。俺たちの引退試合だぞ」そう言い、木内さんは

「今日は負けねぇぞ」と桃李の頭を小突いた。

ふと顔を監督に向ける。海洲千尋はかぶっていた帽子を深くかぶり直しているところだった。

いつしか空からは朝焼けが消え、金色の日差しがグラウンドを覆い始めていた。

桃李は光を纏うグラウンドを眺めながら、あぁやはり自分は野球が好きなのだと、自分には野球しかないのだと、身体全部から感じていた。

END

主要参考文献

品川裕香『怠けてなんかない！　ディスレクシア～読む・書く・記憶するのが困難なＬＤの子どもたち』（岩崎書店、二〇〇三年）
品川裕香『怠けてなんかない！　セカンドシーズン　あきらめない――読む・書く・記憶するのが苦手なＬＤの人たちの学び方・働き方』（岩崎書店、二〇一〇年）
小池敏英・奥住秀之 監修『これでわかる学習障がい　早期発見・支援でＬＤは改善できる！』（成美堂出版、二〇一九年）
藤堂栄子『ディスレクシアでも、大丈夫！　読み書きの困難とステキな可能性』（ぶどう社、二〇〇九年）
竹田契一 監修『ＬＤ（学習障害）のある子を理解して育てる本』（Ｇａｋｋｅｎ、二〇一八年）
柳下記子 監修『他の子と違うのはなんでだろう？　学習障害のおはなし』（平凡社、二〇二一年）
宮尾益知 監修『親子で理解するＬＤの本　ＬＤ（学習障害）の子どもが困っていること家庭、勉強、友だち、進学……将来の不安を減らす』（河出書房新社、二〇一九年）
河野俊寛・平林ルミ『読み書き障害（ディスレクシア）のある人へのサポート入門』（読書工房、二〇二二年）
濱口瑛士『書くことと描くこと　ディスレクシアだからこそできること』（ブックマン社、二

〇一七年）
髙梨智樹『文字の読めないパイロット　識字障害の僕がドローンと出会って飛び立つまで』（イースト・プレス、二〇二〇年）
データスタジアム株式会社 監修『高校球児に伝えたい！　プロだけが知っているデータで試合に勝つ法』（東邦出版、二〇一四年）
タイムリー編集部『勝ち抜く身体をつくる球児メシ』（光文社、二〇一八年）

本書は、集英社文庫のために書き下ろされた作品です。
本文デザイン／高橋健二（テラエンジン）

持地佑季子の本

クジラは歌をうたう

君は今、何を見て、何を思っていますか？　12年前に亡くなった彼女のブログに突然現れたメッセージ。東京と沖縄、18歳と30歳。時間と場所を超えて綴られる、彼女と僕の物語。

集英社文庫

持地佑季子の本

七月七日のペトリコール

親友の命日にかかってきたのは、高校生の自分からの電話。不思議なループを繰り返しながら、和泉は親友の死を食い止めようとするが……。過去と現在から謎を追う青春ループミステリー。

持地佑季子の本

ハツコイハツネ

ピアニストの夢を諦めた亮介。中学の同級生・香澄と運命的に再会し、交際が始まるが、香澄は〈人の感情が音として聴こえる〉特殊な体質で……。〈音〉をめぐる永くて切ない初恋の物語。

集英社文庫

アオハルスタンド ～福島県立桜堂高校《ふくしまけんりつおうどうこうこう》野《や》球《きゅう》部《ぶ》の誓《ちか》い～

2025年3月25日　第1刷　　定価はカバーに表示してあります。

著　者　持地佑季子《もちじゆきこ》

発行者　樋口尚也

発行所　株式会社 集英社
東京都千代田区一ツ橋2-5-10　〒101-8050
電話　【編集部】03-3230-6095
【読者係】03-3230-6080
【販売部】03-3230-6393（書店専用）

印　刷　株式会社広済堂ネクスト

製　本　株式会社広済堂ネクスト

フォーマットデザイン　アリヤマデザインストア　　マークデザイン　居山浩二

ISBN978-4-08-744754-5 C0193